# 朝花寄咏

陆雪容　陆星吟　著

SPM 南方传媒 | 广东人民出版社
·广州·

图书在版编目（CIP）数据

朝花寄咏/陆雪容，陆星吟著．—广州：广东人民出版社，2024.1
ISBN 978－7－218－17047－3

Ⅰ．①朝…　Ⅱ．①陆…②刘…　Ⅲ．①中国文学—当代文学—作品综合集　Ⅳ．①I217.1

中国国家版本馆 CIP 数据核字（2023）第 198283 号

ZHAO HUA JI YONG
朝花寄咏
陆雪容　陆星吟　著

出 版 人：肖风华

策划编辑：赵世平
责任编辑：赵瑞艳
责任技编：吴彦斌

出版发行：广东人民出版社
地　　址：广州市越秀区大沙头四马路 10 号（邮政编码：510199）
电　　话：（020）85716809（总编室）
传　　真：（020）83289585
网　　址：http://www.gdpph.com
印　　刷：广东信源文化科技有限公司
开　　本：787mm×1092mm　1/16
印　　张：20.25　　字　　数：240 千
版　　次：2024 年 1 月第 1 版
印　　次：2024 年 1 月第 1 次印刷
定　　价：58.00 元

# 前言

QIANYAN

这本诗文集收集了两位作者（姐妹）创作的一些文学习作（其中姐姐陆雪容的习作创作时间段约为 1991—1997 年，时年 15—21 岁；妹妹陆星吟的习作创作时间段为 1992—2023 年，时年 13—44 岁）。这些诗词文没有严格规整的文法体式，也没有什么格律押韵，只是随心灵所至，思魂所感写就，还显稚嫩天真，恳请大家不拘一格一式，赏意共情，评点增益。诗无达诂，智者见智，仁者见仁，望读者指教。

曹雪芹曾借林黛玉口言，作诗立意最要紧，格调词句是末事，若意趣真了，连词句都不用修饰，叫作不以词害意。此言深达作诗要旨。毛泽东亦说过，“旧诗可以写一些，但是不宜在青年中提倡，因为这种体裁束缚思想，又不易学”，同时又说：“旧体诗词源远流长……一万年也打不倒。因为这种东西，最能反映中华民族和中国人民的特性和风尚。”艺术来源于生活，又高于生活。新时代亦应代代有新样式、新思想涌现，弃糟粕继精华。“黄绢幼妇，外孙畜白”类封建士大夫之故弄玄虚的艰晦文字游戏之弊应予除之，诗文健美易懂而不失雅妙为宜，我辈当承为，力争有继进。

陆星吟

2023 年 3 月 13 日写于佛山

# 目录

contents

## 诗歌部



## 仿古诗词

## 新诗

## 散文



## 小说



## 信件



## 影鉴人生——观后感

# 陆雪容

## 遗作小辑

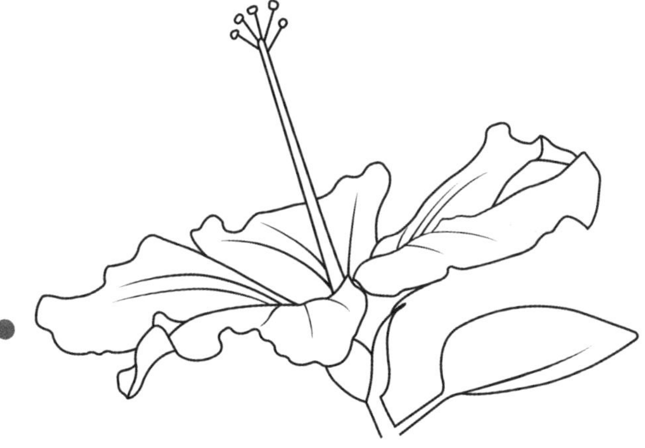

估计作于 1991—1997 年，时年 15—21 岁

外注：小辑题、尾中凡有圆括号者均为辑录者据情所加。

# 散文部

# 包身工给我的启示

黑夜女神还没有收起泼了墨的面纱。睡在充满了汗臭、粪臭和湿气的工房里的骷髅们，却已被吆喝着从地板上爬起来，急急地洗涮，饿狼一般吞下由乡下人喂猪的豆腐渣加少量碎米、锅巴煮成的糨糊一般的薄粥，就被成群地赶进充满音响、尘埃、湿气的工房，开始纺纱了……

这就是《包身工》中令人难忘的镜头！

一九二五年以后，上海的日本厂家对廉价的包身工这一“机器”的需求量大大增加，纷纷招募乡下未成年的小姑娘们给他们生产纱线。非人的待遇，繁重的役务及被肆虐的殴打都由这些血肉凝成聚成的“机器”们承受下来。

这，就是二三十年代上海日本纱厂中包身工的处境！

这一切，是社会发展的结果吗？包身工，实在是一群群地地道道没戴锁链的奴隶啊！想一想，黑人，是在失去土地后，成为白人的奴隶，过牛马一般的生活；犹太人，是在纳粹党的屠刀下，家破人亡，才沦为奴隶，被肆意宰割的……可是，二三十年代的中国，国未破，家未亡，这些中华儿女却成为奴隶！为什么？

这一切，是由外力、内力共同作用造成的，因为当时的中国丧失了主权，因为中国的老百姓太穷，无力养活他们的儿女，才将自己的儿女送进他们也不明真相的日本纱厂做了奴隶！

这些包身工的遭遇说明，一个昔日极为强大的民族，都会在国家衰弱后沦为别人的奴隶，若想恢复自由，只有冲破这些枷锁，靠自己去开创未来。

黑夜，又是这静寂中的死一般的黑夜！只有那些附托在锭子上的冤魂在呻吟。日本纺纱厂中熟睡着的疲惫不堪的中国奴隶们，老板们昔日的钱仓里堆满了金子，你们还要用金子把他们新建成的钱仓再填满吗？难道没有别人的拯救，在沉默中，你们还要将自己同胞们的累累白骨堆至天际吗？

起来吧，不愿做奴隶的人们！

# 童年的回忆

看到这个题目，我提笔良久，却无从写起。默默将视线转向窗外，迷蒙的尘雾，隔断了我的视线，却隔不断我的思绪……

我的家曾在腰坝。腰坝，是我童年的乐园。乡村的孩子，刚开始学会走路，便在田园中摸爬滚打，稍大些，就跟随哥哥姐姐扑蝴蝶、捉迷藏……一些游戏，我至今记忆犹新。

乡下孩子好玩，吃完午饭便纷纷溜出家门，跟着哥哥们窜进苞谷地，掰下几穗苞谷，躲到大人们不常到的沟里，点火烧熟，吃饱后已是满脸黑灰，有的调皮鬼干脆用手往脸上抹，引得我们哈哈大笑。之后，跑到水边洗洗脸，又转移到另一个“秘密”地点，必定有别的小伙伴偷来西红柿、葵花，大家分享。瓜籽还很软，只能吃到一层皮。青青的西红柿又酸又麻，吃一口便扔掉……第二天仍是去偷。乡下人大方，至多在我们的屁股上拍两下，告诫下次不可了……

记得在菜地边缘，有位老爷爷种了些蔓菁，每逢蔓菁快长成时，便是我们大肆抢掠的时候。田埂上，用小铲子挖好阶梯，“头儿”一声“冲啊……”，我们便呐喊着一窝蜂地涌上那块较高的田地，有的被菜叶绊倒了，连滚带爬，有的挖蔓菁打人，丑态百出。老爷爷坐在旁边大笑，又说：“糟蹋我的蔓菁哩!”我们不理会，一次次地冲锋，将那片菜地踩得一片狼藉，大人们照例要说的。对于我，他们总是护着：“她还小呢，不懂事!”

于是，哥哥们在吃“板栗”时，只有眼睁睁地看着本“小姐”大摇大摆地走来走去……

冬天下雪，又是我们玩乐的好时候。从床上爬起来后，书也扔了，便开始打雪仗，一时间鸡飞狗跳的，好不热闹，大人们路过也要绕道。如果谁误打了自己的老爸，立即逃走，不到三分钟，又回来了，继续投入我们热火朝天的战斗……

“叮……”下课铃响了，打断了我对金色童年的回忆。窗外，尘雾正在退散，天略有些放晴了，该出去重温重温童年的梦了!

# 郊外

漫步郊外，轻风吹拂，绿浪漾动，紫燕呢喃，穿飞在披拂的柳枝叶间。活泼的孩子们正聚在树下、渠边，津津有味地把一块块黄泥捏成山形，捏成人形，捏成炮形，捏成意想中的玩具。燕儿掠过，蜂儿绕过，蝴蝶儿翩翩飞来。那稚气的眼睛依然瞅着手中的黄泥。这个捏出了身子，捏出了头，捏出了胳膊，捏出了腿，嚷一句“我的快捏好了”；那个捏出了炮身，捏出了炮筒，还架上了炮台，蹦起来：“快看，快看，多漂亮的小炮!”仰起笑脸，“嘟嘟嘟，开炮啦”！小伙伴涌来，彼此开火，撤退，隐蔽，俨然一场游击战。柳条荡起，喊声响起，惊飞了燕子，吓坏了鸡群，消失了蜜蜂的嗡嗡声，不见了蝴蝶的倩影，小青蛙也扑通扑通地跳进了水里。但如茵的绿草地里，滴翠的树荫下，更活泼更热闹的身影在跃，在蹦，在跳，童稚的小脸上漾着欢笑，漾着机智，漾着孩子无穷的欢乐……

漫步郊外，一睹自然的真诚与快乐，绿

(原文未尽!)

## 铃声叮当

凝望着蔚蓝的天空，正浮想联翩，叮当响的铃声将我惊醒，时间已从我眼前飞走，叹口气坐在桌前，无法将漫长的时间打发走，于是，铃声中，一阵阵的叹息声充斥着空间。

一天又一天，时光就这样在叹息声中悄悄逝去，将一片忙乱留给了我。我急急地翻书，拼命地将知识填进脑颅……

哦，考试时间又迫近了。时间，多么宝贵的时间！“请多给予我一点时间吧！”我大声呼喊。然而，它是那样冷漠。叮当的响声，没有比平时延长一秒，依旧冷冷地响着，响着……

书，成堆的书，还没翻着看完，考期已经来临。“平时不烧香，忙时抱佛脚”，我明知这只佛脚是抱不住的，却仍在争分夺秒，努力地啃书本，能考得差不多，就是我的目标了。上帝呀，我是多么可悲！

哦，时间，不要跑得这样快，让叮当的铃声慢点响吧！我已经忙得昏头转向了。昨天的时间已远去，今天却要把两天的知识补上，命运啊，不要看我的笑话，让我喘息一下吧！

哦，时间，世间再也没有比你更冷漠的家伙了，眼见我手忙脚乱，你还是在不紧不慢。叮当作响的铃声将我推上考场。上帝呀，我的脑子里乱成一团糟，别把我“烤焦”了才好！

哦，时间，珍贵的时间，可爱的时间，我知道了你的可贵，我愿意做你的奴隶，请把无形的礼物留给我。叮当的铃声中，让我挽留青春，让我索取知识吧！

叮当，叮当，依旧是那冷漠而又热情的铃声，在很有规律地响着……

# 笔

我的名字叫作笔。只要你看到书上的字，你准想起我们——笔的家族。

别看我又瘦又高，只长了一条腿，不怎么具备艺术美感，肚里的墨水还不少呢！我对人类的贡献真不小哩！

你不信？好，请看，没有我，轰动法国文坛的《羊脂球》能出世？没有我，《史记》会流传下来？……

所以，本人的贡献是不可忽视的，"铁笔冢"就是关于我的佳话呢！

我的才学很高，文采飞扬的《洛神赋》便是最好的证明！

我的才学又很低，"远看宝塔黑乎乎，底下粗来顶上细，有朝一日倒过来，底下细来顶上粗。"这样的歪诗也出自我的名下！

我很谦虚，经常劝人们要谦虚，看，品德还蛮高尚的吧？

我又很骄傲，简直是目空一切，这，你可以从许多文章中看出，因为一字一句，都由我来记载。感情嘛，自然由我支配。

我很会创新，真理由人们发现，由人们去提炼，却是由我来将它们升华为理论。

我又极善于抄袭，人称"活剥王昌龄，生吞郭正一"，现在的学生嘛，更善于利用我的这一点，使我的这一“优点”得以极大地发挥。真心感谢他们，使我的知识又得以巩固。

我的兄弟姊妹一大群，他们的才学、贡献都与我一样，我们不分高低。我们的老祖宗毛笔、炭条笔等，现在已有几千岁了，我们的家族历史悠久吧？看，我们小一辈多漂亮，穿红戴绿，镶金嵌银的，老祖宗则保留本来的历史面貌，至今还穿着昔日的衣服，横溢的才华比漂亮的衣服好几十倍。我们的小弟弟、小妹妹们也出世了，有各种电子笔，记忆力是我们的几十倍，还未出世的电脑笔，功能将是我们的总和，记忆力则更是我们无法比拟的。

现在嘛，本人还不会退休的，如果你想创新或抄袭，尽可以来找我，你一定会满意而归的！

# 入迷与入门

记得有一句话，“兴趣是第一老师”。的确，如果对某事物不感兴趣，纵然这事物再美妙，对于这个人，充其量不过是浪费他的神经细胞罢了。可如果兴致很高，情况就完全不同了，他的身心都将沉溺于其中，世界上再也没有比这更美妙的了！

这样，此人便入迷了，并在此基础上进行执着的追求，用仿佛要将南墙撞出几个洞的精神，去不倦地探索。爱迪生，在研究人造橡胶的那几年，谈的，想的，晚上梦的都是橡胶，甚至禁止别人与他谈橡胶以外的事，面对这种情况，有谁不惊讶于这入迷的魔力呢?

这魔力的诱惑力是如此巨大，碰壁也无怨，并总结出了经验，宛如一束耀眼的阳光投入幽暗的深谷，使中魔者的钻研得以极大地提高，并步入正轨。毫无疑问，他已入门了。

就像社会的发展要遵循生产力的发展规律一样，人对事物的研究，也遵循由感兴趣到入迷，更由入迷到入门的规律。正因为如此，拜伦的诗集最终受到了人们的欢迎，辛辣的讽刺不再显得晦涩。

努力吧，入迷者们，你们会入门的，并最终成功！

# 说专一

有多少海枯石烂心不变的爱情故事激动着鸳鸯蝴蝶派人物的心啊！崇高的专一的爱情，曾经是眼界和社会交往十分狭隘的人们的重大的甚至是生命中唯一的精神寄托。可随着人类追求的目标越远大，视野和胸怀越开阔，他们想征服的已不是微不足道的几颗痴男怨女的心，而是地球、月亮、太阳乃至整个宇宙，爱情的价值相对降低了，对事业的执着追求，正与日俱增。

完成事业，实现宏伟理想，这需要多么专一的心、坚定的信念和顽强的毅力啊！

当朋友去看望巴尔扎克时，作家却冲着朋友大喊："你，你，你使这不幸的少女（欧也妮·葛朗台）自杀了！"原来他的整个身心都沉浸在创作中了，专注使他忘了周围的环境。江边的老妇人，要把铁杵磨成针，这需要多么专一的用心啊！成功，总是把一半的基因隐藏在持续的热情中。

根据巴尔扎克观察的结果，凡是吝啬鬼、野心家，所有执着一念的人，他们的感情总特别贯注在象征他们痴情的某一件东西上面。"看到金子，占有金子"，葛朗台的执着狂热使他变成了一个奴隶——金钱的奴隶。权欲女狂人那拉氏慈禧，向着她理想中的梦进军、夺权，“皇权不让亲子”，虽未登上高高的龙座，却给了高呼“妇人不得干预朝政”的清朝大大小小的先生们当头棒喝。他们是成功者，凭着专一的用心，抓住了云雾掩映的星，只是他们的本意太利己了。

由此可见，用心专一对一个人是多么重要！没有专一的用心，只能是语言的巨人，行动的矮子。弱小的蚯蚓都有了托身的地方，相形之下，强大的螃蟹却只有通过武力霸占蛇鳝之穴才能得到托身之所，实乃“用心躁也”。

所以，选择正确的方向，向着宏伟的目标，用你的专一，你的毅力，你的热情，去挑战吧，不要“当真理碰到鼻尖上时，还是没找到真理”！

# 邹忌与齐王

邹忌身长八尺有余，且形貌昳丽。早晨，他穿戴好衣帽，问妻、妾、客道："吾孰与城北徐公美?"妻、妾与客都说邹忌美于徐公。次日，邹忌见齐国之美丽者——城北徐公，自视不如徐公美。自省后，入朝见威王，说："臣诚知不如徐公美。臣之妻私臣，臣之妾畏臣，臣之客欲求于臣，皆以美于徐公。"由此事比国事，讽喻齐威王。威王受到启发，茅塞顿开。此后广开言路，纳谏除弊，修明政治，使齐国强盛起来。

邹忌很会进谏，先"以鼓琴见齐威王，借弹琴之道言治国之道"，威王大为赞赏，即用他为相，后又以家事喻国事，使齐王纳谏。他的谏言，委婉动听，容易收到比直言进谏更好的效果。相形之下，胶鬲是不善于进谏的，好心规劝殷纣王，却被纣王骂作"老匹夫"，被丢进虿盆，喂了蛇蝎。胶鬲本是贩卖鱼鳖的商人，好不容易被用为士大夫，却因进谏而丧了命。难怪古人都说："伴君如伴虎。"难怪有人因不愿入朝做官而断指。

邹忌与齐威王之间的君臣关系处理得很好，邹忌进谏既没有触怒天颜，又使威王乐于纳谏。

然而，虽说邹忌善于进谏，但如果齐威王是个不明之主，任邹忌再会进谏，估计也是不会有好效果的。天子若不纳谏，邹忌只是白费口舌罢了，说不定还会遭杀戮呢！李后主欲委韩熙载以大任，无奈韩不愿为官，终日寄情声色。对于投外臣民，姜子牙谓之曰："良禽择木而栖。"所以说"君主若不明，天下名士皆隐"。

因而，只有忠臣扶持明主，才能使国家繁盛，否则，再繁盛的国家也会衰败的。现在，是人民当家做主，只要官民心心相连，像邹忌与齐威王那样，就会使我们的国家长盛不衰。

# 我的理想

少儿时代的我，梦想自己长大后成为一名驰骋海天的女兵，或一位救死扶伤的医生，或一位知识渊博的学者……少儿时代的我，就是这样的富于幻想，幻想自己的未来。

啊，理想，太多的理想已随少儿时的岁月飞逝了。现在的我，已经长大了，对理想的认识又加深了，我对理想的追求更加执着！

我要开辟一块新天地！这，就是我的理想。

人类从原始时代走出，创造文明的世界。生产力发展了，物质财富、精神财富随社会、时代的发展又增多了，人们开始掌握命运，掌握科学技术，人类要做宇宙的主人！几千几万年过去了，可人们还是没有真正步入一个文明的世界，人类，仍在野蛮中存活，在角斗场上追杀！

遥想曾经，野蛮的角斗竟使年轻的女士都在哈哈大笑，她们的头脑中早已有野蛮的种子在发芽了，并在长大，她们的心还不为野蛮的行为所震动。而现代的一些拳击赛、足球赛，又何尝不是那野蛮争斗的余影呢？一方倒地受伤，甚至死亡，而另一方却欢呼雀跃，兴奋得将要发疯！足球，是文明人发明的，可以使人斗志亢奋，是文明的运动器具，而回忆球场情形，难道它不具备另一副面孔，不是野蛮的迹象吗？

认识到真理的人被处死了，而大批的愚昧的庸人却活着，并高声呼喊："我们在追求真理!"历史上的这类记载太多了，无需我在此多说!

实施早期教育可使社会上增加一半的正常神童，这类神童多半长寿。愚人们大声叫喊着，神童是病态的，短命的。仲永是病态神童，不曾读过书，却忽一日写出惊人诗句，他竟成了神童的代表！然而他终究不是正常的神童，只能光亮一时。人类的头脑，还是储藏着迷信的种子！祖宗遗留的教训，会有错吗？蠢材总是依靠祖宗留下的粮食过活，便是那粮食糜烂了，也有人把它们吞下肚去!

昨日的东西已失去了，今天来追回，今天的呢，明天来补，那么明天呢，明天的明天呢，人类将无休止地追补！世界，应是这样的吗?

我是一个凡俗之人，但我愿为天才创造一个环境，使他们能学有所长，创造和完善这个世界，这便是我的理想!

啊，理想，多么遥远的理想！年青的肌体在壮大，沸腾的热血在冲洗头脑。年轻人，才是改天换地的神兵，只要"雏凤试飞，万里风云从此始"，必将"潜龙奋起，九天雷雨及时来"！我的理想，需要与血气方刚的青年共同奋斗才会实现。为了让人类早日脱离野蛮蒙昧的世界，便是死了，也不会抱憾终生。

无休止的角斗，还要持续多久?!

# 街头小景

街道上日益繁华，又有几家小商店开业了，且不说商店里陈列的货物多么精美，光街道边的各种物品就已令人目不暇接了。瞧，漂亮的衣物，闪光的饰物，喷香的烤红薯，色泽鲜丽而又美味的果品……

中午12点时，街道上又有人流涌来，小贩们不失时机地亮开了嗓子，拖着腔儿，叫卖声此起彼伏。然而有一群人却对这一切无动于衷，他们站在道边的停车点处，目光在马路上搜寻。他们是一群学生，正在等坐公共汽车回家。

2路公共汽车终于开来了，刹那时，宛如疾风卷过水面，人群整个儿朝前涌去。车停了，人们争先恐后挤向车门。小小的车门口，同时迈进三四条腿，一时谁也上不去，又没人甘愿落后，几个人拼命挤，还是上不去。车门边早已被围得水泄不通，人们使劲推着、挤着，总算有一人挤上车了，立刻，又有几个人冲进车厢，没挤上车的人拼命再挤……“哗啦”一声，车窗上一块玻璃被震落，可学生们仍是不顾一切地往前挤。大约是司机生气了，忽然开动了车，卡在车门的学生惊恐万状，有的攀着车门，有的拉住车内人的手，纷纷叫喊，车被迫停下了。人群又一次涌向前去，车门前的大片马路再次被人群占据。学生们更是努力地挤着，车门边又有几人挤了上去。小贩们停止了叫卖，都看着学生们挤车，有的拍手，有的大笑，可学生们居然甘于丢脸，依旧大喊着，依旧用力地挤着，不一会儿，车内已站满了人，并挤得像沙丁鱼罐头，但人们还是努力向车上挤着……忽然，一个男生大叫，“我的书包被挤到车外了”，他向着没挤上车的同学求援，有人伸手去捡书包，但险些被挤倒，只好舍弃。车内不能再容纳更多的人了，但此时的车门也关不上了，车开动了，挤在车门间的几个人努力把手伸给邻近的人，人们慷慨地伸手拉着他们，总算关上了车门，车上的人都松了一口气。汽车远去了！

约有一半的学生被留在马路边上，有的叹着气，有的跺着脚，抱怨自己如果再早些把一条腿伸进车门内，就不至于被挤了下来，有的学生向三道桥走去，准备乘1路车回家，有的依旧在原地等着2路车再次开来，他们焦急地顾虑着，若等久了，下午会不会迟到！

小贩们又开始了叫卖，有的学生走去买面包、红薯，有的到附近商店溜达，街道，又恢复了原样。

世界上的人是太多了！

# 小马过河的启示

有这样一个故事，小马要过河，先遇着牛大伯，问是否可以蹚过去。牛大伯说水很浅，能蹚过去。小马正准备过，忽然松鼠告诉它，水很深，不能过，前天还淹死了它的一个同伴。小马没主意了，回去问妈妈。妈妈让它自己多想想，试一试。结果小马过去了，水不深也不浅，刚好过膝盖。

这个故事就是《小马过河》，许多老太太经常把它讲给小孩子听，告诉小孩子，遇事自己多想一想，试一试，不要只听别人说。

其实，这个故事不仅可以告诉孩子，还可以给成年人以启示。

它告诉人们，无论做什么事，自己都要仔细考虑，怎样做才能行得通，并尝试一下，是否可行，是否简捷。

古往今来，有多少人思考探索着如何办事。

三国时，曹操率军讨吴，幕僚们劝孙权投降，然鲁肃却要孙权伐曹，孙权考虑之后，决心伐曹，终于以少胜多，在赤壁大败曹操。

这个故事讲的道理与《小马过河》的道理一样，提倡人们多想、多尝试。

想，是人们做事前要进行的工作，可以使人们考虑到事情发展的后果；想，可以使人们找到问题的答案，从而提出做事的方案。所以幕僚、孙权、鲁肃及小马都要想。我们的祖先就意识到想的重要性，他们提倡“多思”“三思而后行”，既然思之有绪，又有理论答案可循，自然就可以“行”了。

行，是完成事务的最重要一步，是用来检验“想”得是否合乎理论，合乎实际；行，还可以提出更简捷的方案。大家都想了，就要看孙权、小马如何“行”了。通过“行”，小马知道了水不深也不浅，刚好过膝盖；通过“行”，孙权则知道了用兵之“忌”。

如今，我国在改革开放之际，这不仅要中央领导想，还需要中国人民共同思考，共同探索，只要可行，便可考虑，如果是简捷可行，当然更好，未尝不可投诸实施。

开辟一条道路的艰辛，众所周知，便是走路，也应该考虑有没有更捷近的路可走。总之，处事如行路，有必要“三思而后行”。

# 不会飞的水栖鸟——企鹅

企鹅是最特殊的鸟类，人们把它作为南极的象征。企鹅主要栖息在南极，但也随寒流向北分布，在非洲可达南纬 17 度，澳洲可达南纬 38 度，个别种群可达拉丁美洲的赤道附近。世界上现存的企鹅将近 20 种，它们单独构成一个企鹅目企鹅科。

企鹅是善于游泳和潜水的海鸟。它虽名为鸟，而实际上它并没有飞翔能力。企鹅身体大都扁平形，背部为深灰色或黑色，下体为纯白色或皮黄色，它的前肢变为鳍脚，在水中游泳起推动作用。企鹅的羽毛很特别，羽轴宽而短，在身体表面成为鳞状，换羽毛时全身羽毛大块地脱落，一般需几天才能换完。它的三个前脚趾之间有蹼相连，游泳时起舵的作用。企鹅最突出的特点是脚长在身体的后部，可直立行走，但走得很慢，不过若遇到危险，能以 30 公里/小时的速度飞跑，跑的方式是俯身躺倒，肚子贴在雪面上，用后足和鳍脚推撑地面滑动。企鹅在海里的最快游速可达 36 公里/小时，能轻而易举地超过一艘潜水艇。

企鹅主要生活在海洋里，只在繁殖时来到岸上。它们吃小鱼、软体动物和甲壳动物等，它们能饮海水。企鹅的舌头很特殊，上面布满小的倒刺，可以使食物顺利进入食道。

企鹅在地面上群居营巢。企鹅有一种强烈的归巢本领，如果把企鹅带到南极大陆内地，它每次都能沿着捷径准确返回南极海岸。有人认为企鹅是靠太阳来辨别方位，同时企鹅还能依靠体内的“生物钟”来测定由地球自转引起的太阳位置的改变，以调整自己的方位。

企鹅不怕人，如果探险家去它们那里做客，它们就成群结伙地夹道欢迎；如果记者为它们拍照，则更会是大大方方地面对镜头。

如果你想见企鹅，那就请到南极洲，企鹅们一定会欢迎你们！

# 论勤奋

当前，许多学生因懒于学习，导致成绩不佳而中途辍学。针对这种情况，有人说："学习，是艰苦的劳动，一分汗水，一分成绩。"想一想，又何尝不是这样的呢？古往今来，有谁不通过勤奋学习，就有优异的成绩从天上掉下来呢？没有，没有这样的人。

要知道，宏伟的建筑是在每一寸土地上建造起来的，高楼大厦是由一砖一瓦构成的，同样，好的成绩，是由一点一滴的汗水汇聚而成的。

众所周知的法国作家莫泊桑，二十二岁走上文学创作道路，平日的习作，甚至是练笔，都要进行一遍遍的修改，直到满意为止，最终写出了《羊脂球》轰动法国文坛。在此之前，如果他不去勤奋地学习、写作、修改，这样的成绩从何而来呢？

我国古代名医扁鹊，为著医书《难经》，六十多岁高龄还攀悬崖，涉寒水，踏遍千山，游历六国，广为百姓治病，从而也为日后著书积累了大量素材。虽然他被害身死，《难经》失传，但他为完成夙愿而流的汗水，发出了熠熠的光彩，照亮了我国医史，充实了他一生的精神生活。

有人不愿付出辛苦，却奢望得到好成绩。记得有一个故事说，从前有个人叫王朗，为学艺，拜了许多师傅，因懒于学，一事无成，死后变为头上有一撮白毛的鸟，飞来飞去，告诫人们，无论学习什么，都要勤奋不怠地去学。所以，我们要吸取白头鸟的教训，克服懒惰。勤奋是我们每一个人取得好成绩的必由之路。

同龄的人们，为了你们的理想，为了世界的未来，去勤奋地学习吧！广阔的处女地，期盼着人们去开发，无垠的宇宙，慷慨地将珍宝陈列在你的面前，期待着你通过勤奋的学习，去拿走珍宝……

勤奋地学习吧，宇宙的骄子们!

# 小同学印象记

红尘滚过，飞灰流散，各向着自己意愿的方向飘去，带走了斗乱的烟尘，宛如欢乐后纷散的宴席。于是我便想起了一个同学，他曾带给我们多少欢乐呀！

他是我班最小的一个同学，瘦伶伶的，天性好说好动，这自然使老师不喜欢，但同学们却非常喜欢他，紧张的学习生活之后的谈笑，是我们快乐的消遣。每次上课，他总带着一身尘土回到教室，刚坐下，立刻又站起来拍打身上的灰尘，尘土飞扬，周围的同学纷纷捂鼻子、皱眉头，他又忙不迭地道歉。接着便跌坐在凳子上，开始短暂的“语音训练”，于是被老师点名回答问题，倘若答不上来，则在老师的批评声中天真而又十分“谦恭”地低垂了头，聆听教诲。再一次坐到凳子上时，便又开始他的习惯动作——眼睛眯成了弯月亮。在他丰富的搞笑细胞的感染下，大家哈哈大笑，课堂气氛便也活跃了。

在沉闷的空间中，他是一只小麻雀，总引起空气的微小振动，在活跃的环境中，他又是最活跃的一员。他不在，同学们总记着他；他在，又令人感到吵闹。而他，总是一副纯真的样子，任何一件小事，都会引起他的兴奋。

有一次大考前，老师画一图形，连问三遍："'p'的内容是什么?"别的同学一言不发，只有坐在前排的他大声答道："二氧化碳——"全班大笑，连日的劳累顿时烟消云散，一节课又愉快地度过了……

所有的这一切都过去了，然而他还是那个原来的他，好玩好说，爱笑爱闹，他还是那个带着纯真表情的他，仿佛时间的流逝并没有给他留下痕迹。天上飘着云，地上留有他的笑。紧张的生活中，他的言笑，是我们神经的缓和剂。

小小的他，希望能长大，毕竟天空需要充实。

# 读《送东阳马生序》有感

宋濂的《送东阳马生序》备述自己早年求学的种种困境：幼年好学但家贫无书，借书手抄，天气再恶劣也不肯超期还书，故得人信任，因而遍观群书。成年后，为求名师指导，不顾路途遥远，道路艰难，不羡富华，一心求学，宋濂的求学可实在是艰难呀！

读到这里，难道你的身心不为所动吗？“大志非才不就，大才非学难成”，谁不希望自己才运非凡、潇洒闯荡人生？可实际上，古今中外，有几人如愿？高悬于星空的梦想，未必永远是水中月，可望而不可得，天资聪颖，再加上后天勤奋，难保不是诸葛亮再生？即使愚钝，尽可笨鸟先飞，大凡天下事皆在人为，海水不可斗量，无赖尚可叱咤风云，难道我们不能胜他百倍？

如今的学习条件、环境，比宋濂不知高出了几千倍，然而学生的情形仍不尽相同。细想一回，确非天资之卑，心不专呀，绛帐高悬，有几人可为天下先？

东阳马生在太学两年，堪称其贤，他也“自谓少时用心于学，甚劳”，畅达的言辞，来自十年寒苦，学习的艰辛。众所周知，古今劝学之篇可谓多矣。遥望天尽头，似有群芳吐艳，然前路漫漫，险峰奇谷，谁敢直前？一代雄才，请从我始！

# 小议感情与原则

情，缘于心之感，个人所志不同，内心的情也不同，形成了变幻无穷的感情世界。于是就有了各种各样的故事，产生于情孽之海，便有了泪断人肠的梅花烙的故事，便有了高加林与刘巧珍、黄亚萍的感情纠葛……

佛经云："情，孽之源也。"可人人都非六根清净之体，孰能无情？社会生活中，父子之情、姊妹之情、朋友之情、同事之情……连成一张无尽的情网，缠绕着每一个人，横竖摆脱不了它的羁绊，要受它的左右，便有人把它——感情的地位大大提高，置于办事出发点的地位，随之而来的是亲戚朋友填塞于势力范围之内，天自高远地自阔，此地属我谁奈何？这是一种感情用事、任人唯亲、排除异己、打击人才的思想和做法！此时，也许有人不禁要问，原则，原则哪里去了？原则嘛，大概已在某个阴暗的小角落里沉睡吧！

回想三国时，教条主义马谡不听劝阻，终失街亭，致使收复中原的计划被全盘打乱，蜀军被迫全线撤退，总指挥诸葛亮毅然斩断手足之情（此二人情同手足），挥泪斩了马谡，以谢全军。此故事流传颇广，作者塑造的完美人物尚有如此的感情，凡俗之人当然更是难免，诸葛亮最终还是看重了原则，舍了马谡。原则不可废呀，全盘计划之根，在于原则啊！

是啊，如果人人都以感情为中心，就永远跳不出自私自利的小圈子，那可真是苦海无边，回头之岸，大概只剩佛门空地了。现在，伸出你的双手，靠近原则吧，挽救别人，挽救自己，让霸王别姬的故事，一去不复返吧！

# 吸收与给予——绿树的启示

俯览茫茫瀚海，炎炎烈日下，千里黄沙，万顷赤地，极目远眺，遥见几点绿影，好似那沉沉夜空中闪烁的寥寥星光，是那样醒目。此时此刻，几片翠叶，已令人无比兴奋，那参天的绿叶浓荫，该是多么富有生机呀！

一泓碧水，几树红花，自然是相映成趣，单几线柳丝，亦风姿盎然，令人赏心悦目，原因何在？因为它美化了人的视野，用它的绿，无声地净化着人的心灵。

绿树，破重浊的土地，闯濛濛尘世，以鲜亮的色彩，一扫烟围尘绕之态，好似叱咤风云的将军，更是独异的气质！

绿树，这一棵棵的绿树，或于沃土中，或于峭壁中，只要它还活着，就一分钟也不停地吸收，吸收土地中的养分、水分，供给它生命的需要。深埋的根啊，钻石缝，裹巨石，用尽全力，支撑躯体，竭其所能，吸收，吸收，无休止地工作，终于，黄土上撑起躯干，铺开一树碧绿的叶，洒下一片浓浓的荫。

绿树，这千万种的绿树，或与清泉相戏，或与山风相抗，层层飘尘中，它把空气净化，它把氧气释放，沥沥小雨中，它把水土保持，它把水分喝足。奉献，奉献，满足了需求，就会奉献。叮咚的玉泉，是它们共同的奉献；纯纯的氧，是它们个体的还报。挺拔的或是婀娜的身姿，把人们唤回到自然的怀抱；嫩绿的或是滴翠的绿叶，可使虞诈的人再现清纯。

吸收，奉献，以及随之而来的影响，哪一个不是必然的？回想一个事物的成长发展又何尝不是这样的呢？千里马日食数斗，料不精不食，水不洁不饮，较之驽马，岂不令主人费心百倍？然千里之风非它难驾，日行千里的八骏更不知需求大于寻常马的几百倍？物如此，人才更难培养，怎样的环境、条件，才能更好地培养才识超群、能改天换地的一代雄才？

愿人人都由绿树得到启示，土地中努力吸收，尘世中顽强挺起，自然中竭力奉献，个个做初生虎将，人人拔剑南天起！

# 知识的力量

自黄帝造鼓后，就有了知识的代理人——智囊风伯，凭着他的脑袋瓜儿，黄帝的军队闯破了九层迷雾，战败了妖魅鬼怪，杀死了钢筋铁骨的蚩尤，重掌仙苑——昆仑山，偌大的功劳，不消说，归于风伯。风伯靠的是什么？知识，当然是知识！

在那样一个蒙昧的时代，知识就有如此的作用，以后的社会中，它又起什么作用呢？先看看三国时的凤雏先生庞统吧，百余日都烂醉如泥，不上公堂，一旦出手，却于半日之内将县衙中的所积公事全部处理完毕，且毫无差池，足见其知识广博，才能超群，令人惊叹不已。

知识还有更大的作用呢，那就是定国安邦、治理天下。常言道："不出樽俎之间，而折冲于千里之外。"想当年，卧龙未出茅庐，而知天下，既出，则舌辩群儒，手指千军，使刘备与世之精英逐鹿中原，终成三足鼎立之势。名臣谢安石，兵临城下而毫不慌乱，悠然出行，从容布置，在剑拔弩张之际，竟还有闲情逸致与谢玄下棋，其风度、气势，可谓千古绝倒。便是这样，凭其雄厚的学识基础，他转危为安了！

俱往矣，万千的风流才子都已作古，而今，恰逢知识的时代，无论政治、经济、外交、军事，即便是鸡毛蒜皮的小事，哪一处不用知识？

虽说现在的某些时候，“造原子弹的不如卖鸡蛋的”，但这只是时代的一时偏颇罢了，知识的力量终究是不同凡响的，试想，人人都去卖鸡蛋，怎会有破空而出的导弹？当初，由于时代局限，设备不够先进，技术不够高超，远程扫描器将鸟群误辨为机群，将导弹射向鸟群，贻为笑柄，这，难道不是知识的缺陷吗？现今，知识又向前迈进了一大步，外国某高级官员极力阻挠一科技人员回国，宁叫其死，不愿他生还，原因何在？只因他深知知识的威力无穷，无论何时何地，那位知识的主人都抵得上几个师。

便是如此，才更显出了知识的力量，更显出了它无尽的威力，愿天下的知识，都能为我们所用。

# 荒漠

起风了，天地又一片迷茫，狂风扫荡着苍茫大地，无所顾忌地叱咤在世间。刮起的层层黄沙，带着狼嚎一样的风声闯荡高原，沙粒凭着风的强劲，像铅弹一样打得脸生疼，十步之内连卡车也看不分明。早已是筋疲力尽了，可我必须拼命地从放学的路上蹬自行车到家，才能得到休息，否则连人带车子也许就要……

# 我所认识的祥林嫂

那是一个活人吗？凌乱的白发被风旋起，褴褛的衣衫在冷风中飘曳，一支下端开了裂的长竹竿，承受着全身的重压，瘦削不堪的黄中带黑的脸仿佛木刻的，没有悲哀的神情，没有任何情感的体现，仿佛呼吸都停止了，纷纷扬扬的雪片，随意落在她身上，却总不见被抖落，那，是一个活人吗？大约已死了，可是，那眼珠，却又轮了一下，哦，是个活物。一个乞丐，一个纯粹的乞丐，旧中国的街头，庞大的乞讨队中又多了一个唱《莲花落》的人。

她是谁？难道在这动地的爆竹声中，在这一片欢庆的新年之际，没有一个人怜悯她，似乎是她破坏着这喜庆的气氛！

她就是祥林嫂，就是那个被鲁镇人所厌弃、所鄙视的人。她，嫁了两个丈夫，孩子又被狼吃了，更遭主人嫌恶，被赶出来，只好做了乞丐。在这样的雪天，在这样祝福的爆竹的噪声中，她终于死了，或许，她的形骸被无常打扫干净，被人们弃在尘芥堆里，对人对己，都是一件好事罢。她也不必再问魂灵的有无，她也不必再受苦难的煎熬，更不用做一个伤风败俗的典型了……

祥林嫂，是一个悲剧人物，她的思想，被封建思想、封建礼教所束缚，她的命运，被别人所掌握，而她，并不去粉碎这些约束她的枷锁，反而用绳索把自己捆得更紧，甘愿沉没自己，做枷锁的卫护者。

不是没有反抗的先例，卓文君的私奔，是对封建礼教的强烈反抗，是对封建思想的大胆冲击，她，求得了自己的幸福。祝英台的故事，不就是对封建礼教的控诉吗？而祥林嫂，她的反抗，是自发的，是在维护“好女不嫁二夫”的传统思想，同是在封建势力的统治下，先人的壮举，在后人的头脑中竟没有一点影响，可悲呀！

祥林嫂也不是没有有意识地去反抗，在第一个丈夫死后，她逃出来做工，求得精神上的轻松。但当她再次被巨网罩住时，她表现得极顺从，不但顺从地捐了门槛，还为此而“兴高采烈”！但封建势力的代表——鲁四老爷的一句话，彻底击倒了她，她不再反抗，任由那淡漠的人情、冰冷的世态将她淹没、吞噬，无声无息地沉沦下去。可怜的阿毛……痛苦的经历，使她的精神麻木了，愚昧，更是紧紧缠着她。辛亥革命后的中国农村，又添了一个阿Q式的人，地狱的大门，也许正为她而敞开。

历史的长河，又把中国的一个劳动妇女淹死在它那浑浊的、血腥的河水中了。想要浮起，却也并不是不可能的事，只不过，各人的思想行动不同罢了！

# 葛朗台的人生哲学

人生就是一场交易，不错，对于葛朗台来说，交易的目的莫过于获得金钱了。“看到金子，占有金子，便是葛朗台的执着狂”。葛朗台的一生就是这样地钟情于金子。

一想到妻子死了，拍卖财产，葛朗台高声叫着：“那简直是抹自己的脖子!”好一个可怜的人，为了心爱的钱，要向妻子屈服了。看看这戏剧性的屈服过程吧：看到金的梳妆匣，年已七十六岁的葛朗台先生顿时失去了老年人的沉着，忘却了要向妻子屈服的话，竟似一头老虎般的猛而有力，此时的葛朗台老先生，最起码也年轻了五十岁。金子的力量是伟大的，什么亲情、人情、伦理……都不存在了，只有金子是实在的，如果不是为了更多的金子，葛朗台恐怕真的要置金子以外的其他东西于不顾了，欺骗、诱哄、冷酷，种种方式都用于积存金子了!

或许，葛朗台也并不算吝啬鬼、守财奴，葛朗台最令人好笑的莫过于临死时的那个骇人举动了，错将镀金的圣像看作真金，伸手去抓它而断送了老命，这一动作和他最后的一句话，把守财奴的本质都表现得淋漓尽致，不过，比起已说不出话的严监生，葛朗台已是很有眼光了，没有为了一根灯草而迟迟不肯咽气，岂不是吝啬鬼中的大度之人了？比起目前为止最吝啬的财迷，葛朗台简直算是大肆挥霍了，不仅花钱娶了妻子，雇了用人，养着女儿，吃饭吃菜，还为百万家财留了他满意的继承人，葛朗台还算不得财迷心窍呢，不过小菜罢了。青出于蓝而没有胜于蓝，不知道天堂里的吝啬鬼、守财奴们在怎样地悲叹呢！唉，一代不如一代吧！

人生的交易中，葛朗台凭他的吝啬作风，失败过吗？他的金子给予了他生命，同样也要了他的命。自认为幸福的葛朗台，是否他心爱的金子，自动铸造了他的形体？

资本主义社会中的人际关系不过是金钱关系罢了，葛朗台的生命啊，牢系在金子上，天堂中的葛朗台，守好你的金子吧！

# 夏瑜的悲哀

好一个肃杀的世界，到处是饥饿、愚昧、落后，谁来拯救这里的人？最好的拯救方式，莫过于这些人的内部先涌出躁动。终于有几个人觉醒了，辛亥革命爆发了！然而，这里却依旧沉寂，山不变，水不变，依旧的世界，依旧的礼教！

又一个漆黑的夜，不见一线儿光，人们早已沉沉入睡了，好沉寂的夜呀，死一般的沉寂。忽然，一阵狗的狂吠，一阵杂沓的脚步声，接着是叫喊声、撕打声，最后这一切又都渐渐远去了，只剩下一声声苍老的哀哀的哭喊声："瑜儿，瑜儿……"

"你妈坐在墙角哭得声都嘶了，夏三爷狠狠地说，永远不要你家的晦气沾了他，周围的人呐，对他都感激不尽呀，你妈羞愧得简直无地自容了，只好哭着……你搞什么呀，从古到今，天下都是皇帝的，朝代可以变，可制度礼教不会变，要是天是穷人的，世界成啥了？你从哪听来的邪说，小心进了地狱都不得好……还有谁听信了这些话？"一个牢子闪闪狡黠的眼光，尽力和善地一遍遍问着。遍体鳞伤的犯人，很困难地转向他，"这天下本来就是大家的，我们为什么把它让给皇帝老儿……咱们都革命"，犯人吃力地说了这几句话，牢子立时变了脸，狠狠打了他几耳光，要他交钱才饶，犯人低哝了一句，牢子跳起来："没钱？鬼才信，你只一个老娘，夏三爷揭发了你，一家儿活命，还赏了我！好，你不交钱，正好我有劲没处使，练练拳脚！你想让我们跟着你造反？反了天了，哪个天归你穷鬼？哼！我可怜？谁可怜？"犯人随着牢子手脚打踢的动作反弹乱动，极痛心地忍受着精神和肉体的痛苦，好一副悲怆的神情。

不久这个图谋不轨，妄想换天的顽固不化的犯人——夏瑜，被定了死罪，牢子又"和善"地问他同伴是谁，却没得到答复。牢子便狠劲推进来一个人，那人跌倒在地，待爬起来，夏瑜不由得吃惊，是他的母亲！老母抚着他鳞鳞的伤痕，哭得一句话也说不出来。夏瑜极力忍住悲痛，劝慰母亲，望母亲去完成他的任务，完成他以前没有完成的任务，劝化三爷，联合他，夺下天下，好让他死也瞑目。母亲终于停止了哭泣，却哽咽着说出了这样的话："瑜儿，夏家有你，真是家门的不幸啊！我一个孤老婆子，哪进得了亲戚本家的门啊，我这张老脸都被你丢尽了。天下本来就是皇帝的，他是天子啊，糊涂的孩子！"夏瑜睁大眼睛，怔怔地，为什么母亲不能理解儿子？为什么狱里任何一个牢子都不同情他？辛亥革命不是胜利了吗？为什么他要受到这样的待遇？母亲哭喊着被牢子拖出去，夏瑜什么也没看到，什么也没听到，只是怔怔地倚着铁槛，怔怔地忘了这也许是与母亲的死别，忘却了……

又一个黑夜，囚车上架着他——夏瑜，一群兵押着他，衣服上都有一个大白圆圈，好冷的夜啊。应该有点晨曦，可东边还不见一丝的光线，月亮早已下去了。夏瑜高喊着："把天下还给我们，……"但无人理会他，远远地望不见一个人，好漫长的路啊，要一直走到刑场，好颠簸的路啊，囚车吱吱地响，一直要响到屠刀前！终于，喉咙哑了，再也喊不了了！刑场到了，围了好多的人，独不见母亲来作死祭，是为儿子羞愧？好可怜的观众，一副副幸灾乐祸的笑脸，一双双新奇的眼睛，盯着那高举的屠刀。鬼头刀划了一个弧线，一颗脑袋滚下颈项，一腔碧血洒到了尘埃！一个灵魂升飞至天际！

夏瑜死了，他的悲哀普通民众并不理解。也许，在多年后的一天，有人会记起他，在他的坟前献上一个红白小花做的花圈。

# “向钱看”与“向前看”

耳朵常听到“向前看”的呼喊声，顺应经济改革的大潮，有人就利用谐音，戏将之改为“向钱看”，这一重大发明成果被一些深爱着那美丽金钱的人高呼起来，一声压过一声，几乎要将“向前看”的呼声压倒！

有人批判“向钱看”，有人反驳：社会主义就是要使人们生活得更好，没钱行吗？于是，再加上“有钱能使鬼推磨”的思想引导，一个又一个的人堕落了，昔日铮铮铁骨的老将匍匐在金子的脚下，曾经的影星真正地品尝着铁窗之苦……

是啊，钱自古就拥有巨大的魔力，难怪今天的某些人“向前看”的理性对他们是没有多大吸引力的。曾红遍大江南北的影星程春莲，大无畏地走出影视圈，向经济界发起进攻，在金钱的泥潭中，她深深地陷了下去，并且丝毫不能自拔，终于铁网罩在了泥潭上，迷梦被惊醒了，厄运的女神向她伸出双手。钱啊钱，你让年轻的女士永失青春，你牢牢把握着爱你的人的悲欢，你如此地吞噬着他们的良知，你又如此地杀人不见血。

向钱看，向钱看，钱压倒了理性，革命的口号啊，是否你真该改头换面？有多少古人坚持理性，顺应历史潮流，努力向前看，促进了社会的发展。今天，又有多少人被金钱所诱惑，乖乖地被无形的刀杀死，年轻的生命啊，难道不值得为自己为未来而保存？

向前看吧，金钱下面隐藏着一把无比锋利的刀！

# 成才

记得有一句话“自古雄才多磨难，从来强者不沉沦”，这句话直接道出了成才的关键——自强不息。

自强，首先要从意志上战胜消沉，韩信受胯下之辱而后统大军，曹雪芹举家食粥而著《红楼梦》，悲惨的命运并没有使他们意志消沉，使他们苦闷，反而使他们做出了一番惊天地、泣鬼神的事业。

自强，必须有坚定的信念，否则，最可怕的敌人就能轻而易举地摧毁他。

自强，必须有伟大的胸怀，用笑脸迎接悲惨的命运，用百倍的勇气来应付一切的不幸。

自强不息的人，能主宰自己的命运。歌德说过：“谁不能主宰自己，永远是一个奴隶。”

生活的强者，能利用一切可利用的条件，向着自己选定的目标冲击，同样，一个人也必须那样做，不断充实自己，才会成才。被人称为世界语大师的苏阿芒高考落榜后，立下恒心，学会了二十多个国家的语言。苏联的巴哈罗夫将军，自幼因贫困失学，由于他不断求索，在才智上超过了同代的人，很快成为一名高水平的军事人才。

也许有人认为优越的生活条件，良好的环境，才是成才的关键，对此，我不赞同。当然，保持一定的环境条件是必要的，但这只是一面，过分强调这一面，会令人意志消沉。古往今来，这类例子还少吗？李自成的失败难道不属此类吗？

相反，逆境中往往出现众多的人才，英雄出寒家，不正是这样的事例吗？环境只是令人脱颖而出的一个条件，而成长，还是要靠自强！靠主观努力！笨鸟知先飞，自强可成才。

俄国的彼得大帝，做王子时，就好动、好学，无论是被供奉，被囚禁时，都不断地充实自己，工人、设计师、船长，他都做过，宽广的胸怀，广博的学识，超人的才智，使得大主教一见到他，就转而支持他，并协助他一举推翻小朝廷，登上皇位。至此，彼得仍不满足，出国做学徒，充作卑贱的理发师给高傲的贵族进行面饰改革。所有一切的不满足，促使他不断充实自己和国家，最终使得他成为王公中难得的雄才，成为俄国人的骄傲！

自强的基石上，站着无数的人，已有人远远超出了别人。努力啊，会有更多的人才得以出众！

# 我学习语文知识的方法

语文知识，一般来说比较零碎，所以不可能一次学全、学好，需要一点一滴地积累，不断地温习。

我在学习语文知识时，总是先进行课前预习，找出不懂的字词，搞好弄清，再进一步理解其在句中、文中的意义，把疑难留待在课堂上弄懂。

第一步做好了，上课时集中精力认真听讲，标注好，把课前的疑难解除，对未曾留意的地方也加深印象，点滴注意，加深对语文知识的理解、记忆程度。

学习到的知识只有不断巩固，才能成为自己的财富。每天回家，打开书本仔细地复习，“温故而知新”，把各个知识点都融会起来，掌握得更牢固，运用时就更灵活，再举一反三，对不太熟悉的知识点也能做较好的处理了。

掌握了古文中的知识点，对现代白话文的帮助是非常大的。古文简练，白话文生动活泼，二者相结合，既简洁生动，又含意隽永。丽词佳句涌来，就可诞生一篇好文章。日常多练笔，既可提高作文水平，又进一步理解了知识的深层次含意。

总之，学习语文知识，必须预习、复习紧密联系，把知识的点、线、面融会贯通在心中，增长知识，充实自己。

# 人有其宝——看漫画有感

看过漫画，不禁感慨万端。且不论无宝之人，单说财富的拥有者。颗颗珠玉，都是晶亮莹润，在阳光下展示着连城的价值，彩线串珠，则将财富串起，便于随身携带，随时应用。

然惜于个人的傲懒，急于向世人夸耀，竟未能将彩线两端系一结，而匆匆拎起彩线，于是光彩夺目的珠玉纷纷从线端滑脱，在重力作用下做自由落体运动，复弹跳于天地之间，滚落在尘埃之中，昔日吸取日月精华而成珠玉，现回还于金风玉露而显其本，曾经力集天地灵气而成珠玉，今归根于大地母亲而示其游子之心，却是万物归根。然于个人呢，却随势能的增加，手中最终只剩有一彩线罢了，依旧两手空空，一珠无存，亦成无宝者。

呜呼，曾有宝而不持，亦有线而不能结珠串，纵使珠玉挥撒于宇宙之间，较先前更加散乱。世俗虚荣之心，追求无所拘束的行为，就如同无结的彩线，两端自由向天地张开，最终将财富撒得一无所有，辛苦到头一场空，可惜，可惜！

满招损，谦受益。去除世俗傲懒之心，慢慢将彩线两端系一结，再把珠串或佩戴于项上，或拎于手中，便走得迟缓些，亦是财富的永久持有者，亦是世人的最终承认者，非君子善假于物也，个人所有，理当能持久，如同马上得天下，必须能守天下者方为君一样，有一分辛苦，有一分收获才是正理。

有宝无宝，区别有时竟在线端有结无结上。把串满珠玉的彩线两端系一个结，使珠玉成为个人的永久财富，让珠串焕发出整体的光彩，与日月争辉！

# 开展军事训练　提高学生体质

## ——我校关于军训会操表演的简报

1995年9月4日

最近，我校为提高学生体质，培养学生的爱军情感，特开展95级新生军事训练，于目前进行了会操表演，校领导、军区指战员等都参加了会操表演大会。

会上交流的关于此次会操的经验有：

一、领导重视，深入宣传，学生对军训的目的、要求清楚明确。

二、教官尽责，严格要求，学生努力达到要求。

三、军区领导亲临学校，指挥军训，效果好，见效快。

会上的表演重点有：

一、教官指挥，要达到军队要求，完整体现军人风格，指挥项目有列队、报数、齐步走、跑步走、拔正步等。

二、学生要服装统一，动作协调一致，切实合乎规格。学生经过一周的军训，动作正规整齐，全部达到了训练要求。

**评比形式：**选出学校、军区各数人进行评分，评出一、二、三名各一个，颁发奖状，以资鼓励。

**表演结果：**教官完成了规定项目，学生们也达到了要求、目的，确实培养了学生们对军队的感情，增强了体质。最后，评出了前三名，高一（5）班、（8）班、（1）班为第一、二、三名。

会操表演圆满结束。

# 世事任人评

大千世界，非但人有互相的点评，就是鸟类之间，也少不了评头论足。这不，一篇《鸟类的评说》，就充分体现了这一点。文章道："麻雀说燕子是怕冷的懦夫，燕子说黄鹂徒有一身美丽的装束，喜鹊说苍鹰好高骛远……"事实真如此吗？

秋风萧瑟，飞虫顿减。燕子一来不禁冷，二来又要寻觅食物，故尔南迁。麻雀之说有些道理，而燕子说黄鹂徒有美丽装束，这可不够全面，黄鹂更有清脆婉转的歌喉惹人生爱。至于苍鹰，不仅将高飞定为自己的目标，更用自己强劲的双翅，鼓起迷乱的沙尘，去冲破碧空，闯荡九天，在那滚滚云海中劈波斩浪，在那凌云的雪峰尖上留下它钢爪的印迹，遮天砂石挡不住它，声声霹雳吓不了它，那闪闪的电光不是更映显了它雄健的身影吗？它的理想是建立在现实基础上的，为了实现理想，它难道没有在努力飞翔，奋勇达到高标准吗？而喜鹊，因为自己只能在百来米的空中飞翔，便如此诋毁他人，其评论不过是小人之见罢了！

转念人间，何尝没有喜鹊、苍鹰之类的人呢？想当初，哥舒翰坚守潼关，若非杨国忠不懂军事，又妄加指点，更逼哥舒帅出兵，怎会将盛唐拽入深谷，马嵬坡前杨国忠身被千刀，招致灭门之灾，实乃咎由自取!

回思世间，又有多少才华出众者，被几只喜鹊断送前途！由此可见，小人之言可误国误民，故尔千万要慎听慎行。

大凡行事，主事者寥寥无几，而马路评论家数以千万计，一旦利弊权衡已定，必当机立断，迅速施行。司马懿不仅熟谙兵书，更能灵活运用，力排众议，坚守不出，终于退诸葛之兵，其谋划实是现实可行的。苍鹰的行动无二，一颗将星更显光华。

故此，明珠应焕日月之光，不可为蝉翼遮蔽；赤蛟当掀起滔天巨浪，勿为金锁囚困。行一事，任那百灵麻雀千评万论，只要做得对，只管将风霜雪雨一齐撞碎，那浩浩云海只等那些不畏品论，力攀尖峰的勇士去弄潮!

# 评蒲松龄的思想

一部《聊斋志异》，荟萃了数百篇狐仙鬼怪、神女仙翁的奇闻，那样多美丽善良、飘飞挥洒的倩女，那样多强健豪放、手段高超的异人侠士，那样多的心无杂念、目空万物的真人隐士，竟都刻画于一人笔下，他，就是蒲松龄。

蒲松龄出身于一个较殷实的家庭，少年有才，但生平只得一秀才称谓。久考不仕，使他看清了朝廷用人不当的情形，官场营私的丑恶，使他萌发了反封建的思想。迫于现实，他一面教书，一面借民间流传的神怪传说编写了一部异史，即《聊斋志异》。

《聊斋志异》不仅记述了民间传说，更记述了作者蒲松龄的思想。他借一个个哀婉清丽的形象，无情鞭挞了封建当权者，讽刺了狠差滑吏和貌似宽容的地头蛇，使那一个个丑恶肮脏的嘴脸暴露无遗，发泄了心中的愤懑。同时，点滴地把自己反对封建统治、不满于现状的情绪思想明确了，又借那光怪陆离的故事，深深表达了蒲松龄对真善美的向往，对广大劳动人民的无限同情与美好祝愿。妖已不再是妖，那是一个个活生生的人，正直、善良，更具超常的法力，疗救世俗；怪也不是怪，他们只是拥有奇特的外表，却更具纯净的灵魂、高尚的情操。那栩栩如生的妖仙令人充满无尽的遐想。

自然，生活在局限的社会时代，长期的封建毒害，没能彻底地从蒲松龄的头脑中被消除，清贫的生活，使他向往荣华富贵、兰庭金屋、娇妻美妾、役奴使仆……他也赞颂天子，也为他们写过颂歌。他沉溺于对神的虔诚，向往幸福，却不能奋力去寻找、拼搏，只是求神灵保佑、因果善报，他没有明确地反封建，却清楚地宣传了迷信，但这些都是和璧之瑕。

蒲松龄，他写了一部光辉的著作，他的思想，进步之中掺杂着封建糟粕，好坏成败各千秋。

# 评蒲松龄的思想——《异史氏曰》

一篇《促织》，尽道民众疾苦，一段“异史氏曰”，极带讽刺意味，一朝“天子，偶用一物”，就被奉行者定为惯例，贪官污吏如云，受苦最深的，莫过于百姓了，多少人家破人亡，终不过是为了一只促织罢了。天子一喜一怒，一举一动，皆与百姓的身家性命息息相关，所以蒲松龄认识到“故天子一跬步，皆关民命，不可忽也”。

仅为了一只促织，成名受尽扑责，更不堪精神负荷，几欲自尽，好不容易得一佳者，“举家庆贺，虽连城拱璧不啻也”。封建社会的民众就处在这样的地位上。其后促织死，成氏子魂化作蟋蟀，为成名博得功名、富贵，这，都是天酬长厚者吗？难以数计的民众为一花一木、一草一虫而背井离乡、奔波踣死，是他们都不长厚吗？苍天有眼，可受恩者寥寥无几。成名献虫，受惠者先为抚臣，后令尹，末为成名，不正是封建社会里裙带关系的层层沿袭吗？成名一家的悲喜，归根结底是宫廷的腐败糜烂导致的，可蒲松龄没有指责皇帝，却将所有罪责归到官吏上，天子金科玉律，自然无差无错，贪官污吏，借机勒索坑害百姓，罪有应得，可终归是做了皇帝老儿的替罪羊。蒲松龄的思想，并没有摆脱封建思想的束缚，也深深烙有对功名富贵的艳羡痕迹，带有因果报应的宿命论观点。

蒲松龄又说：“一人飞升，仙及鸡犬。”借刘安成仙的故事表达他的叛逆性。蒲松龄的屡试不仕，坎坷的人生，使他认识到封建社会的用人不当，官场的丑恶黑暗，从而产生了他的反叛性。他同情百姓，借手中的笔为他们鸣不平。“仙及鸡犬”，轻淡的描写，正反映了蒲松龄对封建社会的不满与反叛！

# 读《毛遂自荐》有感

读罢《毛遂自荐》，不禁为毛遂的大智大勇而拍案叫绝！

秦围邯郸，赵欲与楚合纵，平原君欲择二十人前往楚，仅缺一人，而毛遂自赞于三千食客前，好勇气也！既而又辩自己并非无才，而是未作囊中锥，所以三年不被平原君所知，平原君以毛遂备员，令人叹服。更可叹的是，毛遂的志气。大丈夫处世，当心怀四海，志在千里，正应紧紧抓住机会，展示自己的才华，岂可常隐做俗人！

及至楚，毛遂又展才华，一人服十九人，故平原君与楚王难以定纵时，毛遂被十九人推举上去，一举镇服楚王，顺利定纵。好一个毛遂，简捷深刻的几句话，竟使“威间”“反客为主”这两个外交谋略得到如此纯熟的运用！好一个不战而屈人的毛遂！

及至读到毛遂评十九人因人成事时，不禁感慨万端：数以千百万计的人，有勇无谋的一介匹夫不足挂齿，只知读书的一群书生难成大器，有人学问渊博，但少有才识，只能充作活字典，供人查阅；有人知识深广，却不能把握形势，把握机遇，终不能尽展才华，超脱常人；又有人有才但不具决断力，虽可为较好的主管、幕僚，但终是因人成事，能力不足，令人惋惜；而最值得佩服的莫过于那些智勇双全、胆识过人的高才了。一代雄才诸葛亮，一朝明君李世民，难道不正是这一类人吗？毛遂也正是其中的一个。

在智士、将才兼具外交家素质的毛遂面前，四君子之一的平原君自叹“不敢复相士”。万仞高山，正垒起于层层薄土，愿我们中的每一位都似大海中的玉龙一般腾跃自如，与毛遂一争高下！

# 失落了的青春

青春的岁月，流光溢彩，如诗如画。美丽的玛蒂尔德，却在为自己嗟叹不尽。

玛蒂尔德变了，变得认不出来了。她头发蓬乱，衣裙斜系，露着一双通红的大手，高声大气地说话，再也不是那个舞会上艳压群芳的玛蒂尔德了。那个舞会上的她，比所有的女宾都漂亮、高雅、迷人，是所有男宾们注视的对象，整个舞会，她都兴奋地跳舞，沉浸在别人的赞美声中，沉浸在妇女所认为最美满幸福的云彩中了，部长也注意她了。舞会结束后，她的丈夫路瓦栽先生接她回家，玛蒂尔德推开了丈夫带来的家常衣服，搭一辆破车回家了，神经的兴奋促使她再度欣赏自己的美丽高雅。突然间，她惊叫了一声，项链不见了，佛来思节夫人的项链不见了，惊慌失措的夫妇俩都不记得车号，只好找遍来回路途，之后又到处挂失，但项链始终不见了。丢失了向佛来思节夫人借来的项链，伴随而来的则是为改买一挂一模一样的钻石项链而付出的巨额款项，是夫妇俩为还债而付出的十年辛劳，是人生中最美好的一段青春年华！

如果说玛蒂尔德的遭遇是由于偶然的一次丢失项链，那只是一个缘由，可贯穿玛蒂尔德整个思想的，更是那强烈的虚荣！在她看来，她仿佛天生就是过奢华生活的人，可偏偏出生在一个小职员家里，无法结识达官显贵，只好嫁给一个小书记，住宅寒碜，衣料粗陋，这一切，与她同等地位的妇女也许不在意，可她却是因此而饱受折磨。她梦想着那挂着东方式帷幕的华丽厅堂，梦想着那绣着仙境般园林的壁衣，梦想着高脚的银灯与精美的晚餐，梦想着那亮晶晶的银餐具与……梦想着憩后小客室的温馨浪漫……她有一个有钱的女朋友，可她越来越不愿去看她了，因为每次回来，她都要懊悔地痛哭，伤心好几天的。

想当初，一个偶然的机会，路瓦栽先生拿到了一张部长及其夫人发的请帖，请他与玛蒂尔德共赴舞会，这种请帖一向是很少发给一般职员的。然而这时的妻子哭了，大颗的泪珠流下来——玛蒂尔德没有一件像样的衣服去赴会。她的话很让路瓦栽先生难受，经过一番合计后，路瓦栽先生忍痛割爱……玛蒂尔德如愿以偿地做了大衣，再经过几天的郁闷不安，又从佛来思节夫人那儿借到了项链，于是，夫妇俩高高兴兴地共赴舞会。

显然，玛蒂尔德本身强烈的爱慕虚荣追求奢华的思想行为是导致其不幸的根由。可不是吗，如果她不慕虚荣，不兴奋过度，她是不会从美妙的云头掉进深渊的。

其实，如果不是智昏有欠思考的话，可怜的玛蒂尔德完全可以摆脱那可怕的债务。原因很简单，很明了，如果项链是真钻石的，佛来思节夫人是不会把它混在一大堆首饰中漫不经心地任她挑选而不加提醒的，当她挑选举棋不定时，忽然发现青缎盒子里的钻石项链后，她急促而又小心地问可否借她这一件时，佛来思节夫人毫不犹豫地同意了，也未做任何提示。而后，丢了项链，玛蒂尔德不敢告诉佛来思节夫人真相，谎称搭钩弄坏了，佛来思节夫人竟未责怪她。试想，若是真钻石，佛来思节夫人会毫无埋怨么？再者，当他们去到珠宝店时，那老板告诉他们，当初他只售出了那个青缎盒套，那项链呢？这是又一处缺漏，可心急如焚的路瓦栽夫妇俩竟未考虑到项链的真假，只得找遍珠宝店去寻一模一样的钻石项链，赔上了路瓦栽父亲的全部遗产，赔上了自己后半生的苦楚，而路瓦栽这里借一千法郎，那里借四百法郎，这里借五个路易，那里借几个路易，借了那么多足以使他破产的债务，才赔上了那条佛来思节夫人毫不在意的项链。当玛蒂尔德小心翼翼捧着项链送还时，佛来思节夫人只是轻描淡写地嘟囔了一句："你早该还它了，也许我早就要用了。"竟连盒子都未打开看一下，足见不重视它的程度，这不更说明项链的存假吗？而此时的玛蒂尔德则担心着她的朋友若打开盒子，发现是另一件项链时，会怎样想和怎样做呢？

在残酷的现实面前，一向追求奢华的玛蒂尔德一下子拿出了英雄气概，她要偿还这笔可怕的债务。她辞退了女仆，迁移了住所，穿上了破旧衣服，提上了水桶，干上了家务，懂得了厨房里杂七杂八的活计儿，在油腻的盆沿上磨粗了她粉嫩的手指，在杂货店里、水果店里、肉铺里争价钱，受嘲骂，她一个铜子一个铜子地节省那艰难得来的钱，而她的丈夫呢，则每天都替别人誊抄账页到深夜，赚那微薄的一点小钱。他们月月借新账，还旧账，这样的日子一直持续了十年，终于把所有的债务还清。

对于玛蒂尔德，我们有深切的同情和谴责。她是一个小资产阶级妇女，她爱慕虚荣，向往大资产阶级的奢华生活，她始终摆脱不了自身的弱点。所以，当一切真相大白并取得补偿后，玛蒂尔德会毫不迟疑地恢复她虚荣追求奢华的面目，然而，她已变老了，永远不会再是那个温柔、美丽动人的玛蒂尔德了，她永远失去了步入上流社会的资本，青春永逝不回了！

时光难以倒流，我不禁为其叹息不已。啊，虚荣的玛蒂尔德，诚实的玛蒂尔德，永远可悲可叹的玛蒂尔德！

# 保护环境 刻不容缓

今春，一场罕见的沙尘暴袭击了我盟（内蒙古阿拉善盟），沙暴最猛烈时能见度几乎为零。此次沙尘暴，危害面积极广。沙暴自额济纳旗刮起，掠经巴丹吉林、腾格里、乌兰布和三大沙漠，横贯我盟。它一路东扫，经甘肃、宁夏、河北、北京等地，沙尘甚至波及朝鲜、日本。沙尘覆盖了甘肃、宁夏、华北的大片农田，危害极大。

我盟的沙化严重，形成已久。由于甘肃引水过量，造成额济纳河干涸，居延绿洲大为缩减，风沙便由此时常起掠，灾害以近几年尤为突出。我盟地属荒漠，本已降水量极少，缺林少木，加之现有草原被严重破坏，这更使沙漠的急速漫延横向东南成为必然。每逢冬春两季，黄沙乘风东向，沙漠每年以 20 米的速度延伸、扩展，沙尘覆盖了本地和邻近数省的大片牧场、农田，致使气候恶化，严重危害到这广大地区人畜的生存。

面对日益狂虐的沙尘，治沙已是刻不容缓。然而对于治沙，大而言之，是一个全球性保护环境改善环境的问题，这需要全球、全国、全区人的大力投入，以控制沙害规模；小而言之，则是我盟及邻近地区人们的切身大事，需要最先受到沙害攻击的我们全力投入治理。治沙，关键是解决水源问题。我盟遍布沙漠，降水稀少，水源匮乏，故须以从邻近省区引水或人工降水为主，方可具备固沙的基本条件，才能使所植树木草皮成活。治理沙漠，需要首先利用好现有的河流、湖泊、泉水和地下水，先在这里乘便形成绿洲，再与逐渐形成的人工植树种草带相连。这样，引水、降水、取水相配合，增大绿化面积，实行点线面全面推进。治理我地沙漠，不仅需要本地区人的全力以赴，还必须有邻近省区人的积极配合。一旦绿色屏障形成，围绕沙漠，困锁了沙龙，则能尽快改善广大地区沙化严重的现状。

植树种草，是绿化的基本方式，一定要保植保活。其中树种的选择尤为重要，要使之能适宜在北方干旱地区生长，可以毛白杨、胡杨、沙枣等优良速生耐旱树种为先锋，于我地西北及沙漠边缘地区普遍种植，取防风固沙之效，再以旱柳、臭椿、苜蓿等配合，步步紧跟，层层深入，以取密植改土之功。只要努力增大绿化面积，加快绿化速度，必能早日变秃山荒原为绿锦山川。另外，地方部门亦务必做好现有草原的保护工作，并加强草原规划管理，以便于治沙成果的巩固和日后工作的顺利开展。

治理沙漠，不仅可以美化环境，净化空气，还可涵养水源，发展林牧业，挽救我盟的两大经济支柱之一畜牧业，发展了经济，稳定了民生，利可至百，我们何乐而不为呢?

小小居延海，震动了中南海。目前，我盟的沙化受到中央与各级领导的重视，治沙工作已提上我盟工作日程，形势忧人喜人亦逼人，让我们挥洒浓重的汗水，将浓浓的绿铺遍这茫茫大漠和荒原!

# 海

一任浩瀚无际，一任宽广有容，纵是狂涛，却是烟波浩渺。海的深沉，海的内涵，千百年来文人骚客赞咏无数，谁知其真谛？谓海的魅力无穷，但见和风细浪时，波光粼粼，柔静恬雅；风涌浪急时，飞沫迷空；狂风骇浪时，翻卷不息，雷声轰鸣，巨浪排空，但见一叶迎浪，方晓险义，才知自然景观中，最不可战胜的力量！

1994 年 9 月

# 清晨

东方亮了鱼肚白，一袭清香弥漫着，薄薄的雾悠悠地浮动，笼罩着那青青的绿叶，如轻纱飘移，使翠色显得更青，显得更柔，更显得醉人。偶然的一声鸟音啼脆，惊起几处蛙鸣，平添数分韵味。露珠在草茎上滚动，在叶尖上颤着，映一束七色光在晨曦中。薄雾升起，水烟袅袅，青纱笼罩下的草地上迸射出了道道霞光，散去了青青的雾，隐去了白白的水汽，那无垠的绿褪去了朦胧，更显得翠色夺人，生气勃勃。渐渐地，鸟鸣声脆杂了，喧闹了，芬芳的花香，新鲜的草叶味儿，越来越浓地蒸腾在晨光中。微风已托起了地平线下的太阳，舞飞了几瓣花香，伴着那几只蹁跹的彩蝶……好一幅清香、柔美的晨景，孕育着大自然的无限生机！

# 观景

看自然，是一幅幅风景。无限的绿地，有一番清柔的雅意；广阔的大漠，现一派苍凉的壮美；绵延的丘陵，画一卷低伏的慵容；高峻的青山，存一派入云的浩气；一溪清波，奏一曲咏唱的清音；一江巨涛，扬一路壮阔的气势。心存一份清悠，则处处可见自然的景致。

# 潭水

一潭清波，蕴含无限清柔。轻风拂动，荡一片生气，波纹皱起，微漾一腔不平，松皱皱的从此推至彼。拥几秆芦苇，复几圈圆弧，再一棱棱波痕复折回来，渐渐隐没在一潭碧玉中。因其有容，乃不见其底；因其有含，乃润泽如碧，映显其姿彩多幻。柔若无骨，然可穿石，碧润清新，故多溺鱼尾，悠然如白云自得，潇洒如山间劲松，飘扬一袭白雾，平添数分妩媚，偶照红锦满天，又抹一道金光于艳中跃舞，一番旷达之态，究其魅力，泄一潭碧水，游鱼食无余，唯见苇花飞舞，貌似飘飘。

（原文未尽！）

# 秋日的天空

秋日的天空，清碧、悠远，不似春日天空的轻柔，不似夏日天空的暴烈，似乎在坐享成熟的美味，幽闲自得，随意俯瞰日趋繁荣的园林，品味成长的岁月带来的硕果。秋日的天空早已经历了春日的缠绵、夏日的激烈，正体会之后的旷达，悠悠然地信手扯几缕白云，随意装点，鸣几声雁，由它们飞过。秋，已成熟了，淡远了，时空变换，星河灿灿，岁月酿造的酒，香醇可口。秋日的天空，远了世俗，远了骄躁，却留了自己的收获，留了岁月的馈赠。

## 叶

也许惯了高瞻，惯了远瞩，惯了挺立，惯了吸取，惯了披一身绿衣，惯了装点在枝头。不曾想，秋风吹黄了自身，把一身碧色映上了缕缕金丝，点上了星星粉痕，漫裹了红纱一幅，轻卷了一披玫瑰。绿意褪了，团团桃色浓了，重了，层层的红衣换在了挺挺的枝上。红影婆娑，艳比桃李，艳比霞锦，霜露不曾折，歇了昔年装，却以火样的风姿，回归根本，回归大地。

## 露珠

滚如明珠，耀比星汉。滴滴滚动，团团滑过。一颗颗，在晨光中迸出七彩光芒，点一道霞光在绿浪上射过，在碧叶中透出，溜溜地转，润润地团，轻轻地化，一缕白白的水汽，映着初升的朝阳，从叶尖飞下。

# 搏击

当远航的帆船驶在风暴中时，排山倒海的怒涛正以万钧之势压来。船身急剧地颠簸，舵手早已将生命押在舵上。巨大的漩涡，湍流的海水，奔腾的狂涛，伴着震彻天地的海啸声，每一次的挟裹，每一次的随带，都要将小船覆在海谷中。大海的愤怒，伴着雪白的飞沫直冲半空。帆已破，桅已折，舵手的全部生命力都用于搏击。一叶风帆如黄叶，在海浪中忽上忽下，人的生命与宇宙抗争，遥望生命

（原文未尽！）

## 随笔（一）

### ——写在《三国演义》片头曲词之后

追求的船帆，要挂在信念的高桅上。

## 随笔（二）

往事如风，终是鸿影掠碧潭；

沉默中，凝望那一轮红日。

# 冬日

冷冷的秋风长长地吹来，带着沉沉的寒意，金黄的落叶飘飘地回归根本。大地披上寒衣，等待冷霜的镀日。当萧瑟风中最后一片落叶飞舞在空中时，又一个季节的大脚迈进了荒漠。

这一个季节的太阳在初升、当空、西斜了。艳丽的霞铺满天空，映红塞北的山川、河流。赤黄的沙滩闪着煜煜的彩光，玫瑰色的羊群缓缓走过这一片闪光的金沙，又踏上那一道铺满红霞的丘梁。幽幽的牧歌低低回响在风中。太阳像一个无力的蛋黄默默挂在树梢上。回视东边的小河，亮亮的水波轻轻拍岸，不尽的寒意摇荡着圈圈纹线，映一道金黄的波带在红锦中跳跃，闪烁点点金星。只探半边脸儿在西山上的落日，裹紧了厚厚的云被，映一株风中抖瑟的柳，那柳早已是光秃秃的了。

无奈的夕阳滑下山梁，最后一抹金红的光丝弥留天际，只剩那一道暮霞接受最后一次镀金，却不再有夏日暴躁的影子了。

女神的黑纱垂下来了，浓浓的寒意正越裹越厚。

结冰期……到了！

# 我想说

我的肩膀好痛，我的生活好烦。我扛着书包上学，千斤的重担把我压扁。一阵春风吹过，千万张鼓舌的红唇吹起漫天黄沙。一双纤手拂过，百亿种活力尽被带走。

我的天性爱美，我的生活好高雅。不羁于世俗，我被横加指责；服饰姣好得体，我被冠以浮华轻佻；价值展现，我被极尽诋毁、诽谤……我的现状进退维谷，今日明日，百孔千疮，东遮西挡，遍天是网，唉，应古语哉！

我的希望是天，我的现实是地，我高高地飞翔，我重重地跌倒！看着飞高的乌鸦嘲笑，任由凡俗的鸡鸭戏谑，撑起劳乏的躯体，拍拍摔痛的足股，我的希望降至半空。仰望星斗，希冀的风帆重又鼓起。

我的书包好鼓，我的右手好忙，叨叨的絮语，谆谆的教诲！好希望睡它三年不醒！呜呼，青春将逝，大浪淘沙！

想说一句我好烦，又怕被“示范”，咽到肚里又憋闷，大喊一声：“好嫩的绿芽！”

1995 年 5 月

# 云

天空浮着几缕云，是那样洁白无瑕，那样轻柔娇雅，宛如仙女的纱丽，悠然飘飞，看上去，是那样的自由，无忧无虑，随心所欲。轻风拂过，云纱更显柔婉，带出一线弧。有人指责云的散漫，云的无所事事，可有谁知道，云的柔弱，经不起高空飓风的撕裂，心中的一点执着，被风撕扯，抱着一点执着，却无力再与狂风争夺，只好漫天游浪，寻求自己的夙愿，漂泊，漂泊，夙愿在哪里？在哪里?

狂风忽地集聚了你的力量，电光闪闪，是你要以怒火照亮乾坤？雷声隆隆，是你愤怒的呐喊吗?！云啊云，尽管你体积大，却仍抵挡不了飓风的撕扯，再次散作满天的棉絮、纱缕，去浪迹，去寻觅，漫漫长空，何处是你的觅地？为什么你要拥有与理想相悖的过于柔弱的躯体，为什么？为什么?！云——!!!

# 鼓起希冀的风帆

## ——国旗下的演讲（高三5班）

茫茫红尘，纷杂缠绕，酸甜苦辣混溶一杯，谁能道出个中味？回视昨天，早已如烟散去，是苦是甜也已渺渺。面对今天，现实的今天，沉沉的双肩似乎难以承担起重任，年轻的心理也仿佛不堪负荷。漫长而又匆忙的今天，有着太多、太多的事要做。望眼天际，难得松口气，好累啊，真想睡它三年不醒！

现实啊现实，你为什么如此残酷？金光如风掠过，一去永不复返。爬不完的山啊，涉不完的江，就此止步，彻底休息一下，趴在这里又何妨？

重新鼓起你的信心，朋友！还有太多、太多的事没有做，我们也需要潇洒，也需要调剂学习生活，劳累的汗水会换回什么？会换回明天更多的欢笑！放眼世界，滔天巨浪上还不见我们矫健的身影，浩浩沙海中还未曾洒遍绿荫，仍是那望不尽的黄沙远上白云，扯不断的遐思弥留脑际，梦啊梦，为什么总牵着我的心飞向碧空？站起来，朋友！拍拍摔痛的屁股，仰望满天的星斗，让希冀的风帆重又鼓起！振动你羽翼未丰的翅膀，去闯荡那滚滚云海，去俯视那直插晴空的尖峰。是啊，不积跬步，怎能尝到那登泰山而小天下的胜利喜悦?!

重振你永远的雄风，明天，灿烂辉煌的明天，未必永远是云山雾海中闪烁不定的一点星光，再鼓起你希冀的风帆，驶向那烟波浩渺的大海!

明天的胜利，正起步于现实的今天!

# 无题（一）

我不懂夕阳西下的景致，满天的红霞，却只为拥斜阳沉沉，那份凄凉，我没有一分体会；朝阳之所以生机勃勃，是拥有才出世的一团阳气，经历了正午的灼热，偏斜后的余热，才具有了习习的余温，才更需要休眠的补偿，恢复生命的活力。

我不懂红霞萦绕的情怀，斜下夕阳，今日尽失光明，那片忠心，我没有一些明白；红霞之所以恋恋不舍，是抛却了种种情思，走过了朝阳的光华满天，体验了高高艳阳的火热和习习清风的温柔，已明确了自己的选择，才更期盼太阳的重升，送它一片如火的温情，伴它度过漫漫长夜。

# 美丽的瞬间

是自然的恩赐与宠爱，我们才有了重温过去的机遇，面对落日和流水中的晚霞，伴清风一起歌吟，幻想与梦在这瞬间变得清晰又真实，没有什么东西再能拨动我们失落的琴弦，一切挫折与苦楚正在我们纯洁的心灵中淡化。

# 缘

人生在世，只有一个缘字最奇，伴着千百的巧合，不断转变，于是有了新旧交替。金风飒爽、彩蝶纷飞的过去只有一条纽带相牵，面前又临着飞雪扬花的一番风景。燃一点烛光，托起无尽的遐想，听任思绪如天马行空，驰骋奔腾。劳飞鸿带一片真情，架虹桥一座，送给远在天涯的比邻一份关爱、一份温暖。缘字不随聚散而失落，彼此温馨一笑，已成为感情的阶梯，你我之间的默契，如冲向碧空的串串水珠，迸射着七色彩光。光辉中，奔腾的黄河水滔滔逝去，带不走这份缘；高耸的珠峰尖直插云霄，天幕上记下了这份真诚；矫健的雄鹰所向无敌，傲闯霄汉，有缘给清静的宇宙一种动态的波动，于是缘字随波漾开，辐射出生命之光，爱心存着，知心伴着这份缘，走在清雅的云端，我们是心的邻居。

## 人生百岁，知己难求

人生，也许像浪花一样，撞在一起是有缘，但彼此总会有冲向天空的一刻，随后又有各自的方向，去腾跃。

曾经是朋友，拥有洁白无瑕的美丽，何必在意太多？敏感无忧的少年已是如烟往事，如今，既是趋于成熟的时候，让默契依旧，彼此真心依然，心灵中有一个熟悉的你，一个熟悉的我做朋友，让距离升华这份感情，天涯海角，知己知心。

## 月下独思

伴着微风的轻抚，伴着月光的漫洒，寂寂星空中，任由灵的沉浮，在点点星光下升腾。朦朦月影中，苍穹皎辽，万物俱籁。在心的解脱下，任那思绪飞扬。

试问苍穹，天地中有谁独领风骚？——唯见星光点点。

## 等候

等候上帝的，已然变成岩石。

尖尖山上，站着一个白色的爱神，夜夜仰望天空。

上帝爱海，夜夜在海边楼上看海。

## 无题（二）

当心的琴弦拨动，洒一串音符，在七弦上弹跃，粼粼的水面上，波动着悠悠的纹路，风中响起旋律——往事如烟。（那朵雨做的云，痴心只是难懂，心中竟全部是痛。）

当生命的翠竹长成，铺一片绿意，在尖端；湛湛碧空下，挺一竿秀雅的身姿；风岚托起思绪——隽伟奇险。

# 把心放飞

一心想把心放飞，放飞到渺无人烟的荒漠，让伤痛深埋在漫漫黄沙中，从此不再伤心流泪。

一心想把心放飞，放飞到广袤无垠的旷野，让忧郁飘散在冷冷西风中，从此不再默然相视。

一心想把心放飞，放飞到无情无念的冷月，让心碎消溶在清清寒光中，从此不再体会酸楚。

一心想把心放飞，放飞到波涌浪急的沧海，让迷茫化解在粼粼水波中，从此拥有灿烂岁月。

**附：**为何我心总是难平创伤，难解郁闷，是作茧自缚？是伤痛太深？还是早散了信心，一味消沉？我不知今日如何，不念明日怎样，也许是女子心理，难以走出圈子，其实有什么？想也想过了，有什么呢，还是我太冷，令人失望，令人不知如何是好。我今生永远这样吗？也许人生不可料的事太多，原来我并不坚强的！

# 让你失望

不是我无心，一味执着，其实你不懂我的心，苦苦挣扎，却是满目疮痍，是我不坚强，却也无力承担。

不是我无肺，一意孤行，其实我不管我的伤，默默寻觅，只为忘却苦恼，是我不努力，却是心不甘。

不是我无肝，一情不顾，其实我冷比冰冻，孜孜求索，却是一事无成，是我不成熟，只想成功慰怀。

不是我无胆，一忍再忍，其实我打定主意不回头，狠狠鞭策，只求洗雪耻辱，是我太无能，含悲忍耐到如今。

让你失望，见我终日冷冷，不发一语，其实我很倔，到如今更是。天地间何处可消心头之恨?!

# 无题（三）

寒夜的冷风中，独坐窗前，任由霜添瓦上，品味寂静的韵味，不在意呼啸而过的卡车带走的层层落叶，不在意旷野上还留有什么。静静凝望点点星光的夜幕，蓦然惊醒，才发现自己似匆匆过客。白壁上仍旧茫茫，信手翻开几页书，聊慰墨夜孤心，于是脑海中又添数行铅字，补充空白，有金叶在空中腾绕，于是心中不再寂寥。天涯海角存知己，此心亦是常知幸。缓缓地，圆月又将升起，带着朋友的关心与问候，彼此问一声：你在……还好吗？皎洁的月光映照下，有美丽的景色，往事如昔。

# 诗歌部

# 短诗二首

（一）

濛濛红尘隐飞花，恹恹墨海遮残月。
佛寺顿改锁天骄，掣电再难破太冲。

（二）

霹雳声处闪电飞，怒涛冲起潜龙腾。
须臾不见旧江山，霎时重换新乾坤。

1995 年 3 月

## 翠柳

风流婀娜数第一，纤细柔腰比小蛮。
绿线伏倒因轻风，怪道紫燕不剪柳。

## 临水芙蓉二首

（一）

仙子临水觉寒意，红颜倒映濯清涟。
娇柔不畏水未暖，凌波同媲睡莲美。

（二）

金枝玉叶吐芳艳，一片红锦睡碧玉。
洁美更是独具别，仙鹤犹自愧不无。

# 净土

没有芳美醇香的玉露，没有汽笛喇叭的喧闹。
在那块纯净的土地上，你就是你，我就是我。
没有人歪曲你的倩影，没有人刺痛我的心灵。
花荫下共尝友之蜜果，芳草中追寻昔日美好。
没有堆积如山的作业，没有老师繁琐的语句。
美好的东西都在这里，鸟的天堂，花的海洋。
没有纷繁杂乱的事物，没有太多太多的制约。
我们都生活在大自然，你也自在，我也自在。

# 树上的鸟儿

都在树上栖息，都在地上觅食。

你在天空飞翔，我在天空飞翔。

同时代的鸟儿，各栖的树不同。

同是那块蓝天，所择的地方不同。

你作你的紫燕，我作我的晓音。

同是树上的鸟，所栖的树不同。

你拥有你的天，我拥有我的天。

天不同，地不同，所处世界不同。

# 云

粉红的海棠映着灿烂的红霞，
纱般的云烟遮了蓝天的姣容。
微风吹来理清我无头的思绪，
我多么希望能像云一般优游。
没有对昨天的留恋，
没有对明天的向往。
我在夕阳下徘徊着，把孤独一遍遍品味，
知音不必要永伴我，纵然是在天涯海角，
只要我们心意相通，天各一方又有什么。
秋菊迟放亦吐芬芳，腊梅虽早然无友伴，
逐波的浮萍亦相碰，不会只剩惜花心肠。
不似维维的懦弱，不如石棱的刚强，
然而我的归宿处，将和石棱的相同，
不甘心作金丝雀，终日囚于金丝笼，
不愿作无巢的鹰，优游于洞天福地，
奏着《春江花月夜》，了却我的今生愿。

**注：**维维、石棱，都是小说《近的云》中的人物，两个截然不同的女性。

## 随笔

但识琴中趣，何劳弦上音。

一日之声气既浮，终生之肝胆无二。

## 露珠

暮随夜风成，朝伴旭日化。

才是滴滴叶上团，一霎迸出七彩霞。

莫道身已腾白雾，一份潇洒滋润在人间。

若问来从何处来，去往何处去，但见天地之间任逍遥。

# 钻石

人人都夸钻石好，光芒折射耀星空。

试取天上北斗，灿烂陆离美无穷；

敢问卧睡石窟，若非高温久煅，哪见莹莹射身形？

再非天地锤炼，何问质佳义好？

更有细心雕琢，方现六条折光夺目。

沉睡千年寂无怨，一朝显身缀星空，才知身经百炼。

# 无题（一）

别再提，充满伤痛的过去，
别再提，尽是纷扰的昨天，
让一切如行云流过碧蓝的天空。
别再说，你一心记着过去的美丽，
别再说，你仍一意想着昨日的我们，
似碧潭中天鹅般的无忧无愁，
由所有的风缓缓带走飘飞的花雨。
别再想，簿中的真情尽历历在目，
别再想，曲中的身影已掠过脑际，
回首时，纵梦萦魂牵，却已天各一方。
想忘记，春水上荡漾的一泓碧波，
想忘记，柳上剪叶的紫燕，
偏巧是濛濛细雨勾起万重愁绪。
想放弃，只是年少心太真，
想放弃，只惜相知情太纯，未了难，
舍真心一回梦一场，只恐难以受。
想抛却，偏有欢笑回响在耳边，
想抛却，情有千种，缘有万种，一时难断，
缘有云飞雾腾影成空，缥缥缈缈再无形，
欲寻时，只留风一缕。

# 无题（二）

许多许多，也许尽在不觉中，
想清楚，却又太蒙眬，
想忘记，偏是心头萦绕，真真切切苦伤怀，
欲回首，已是沧桑满抱，如烟如雾紧牵连，
欲跨步，早是疾首痛在心，一点冰冷自体味，终生伴。
太少太少，尽都红尘风中散，
想忆起，一点一瓣花飞尽，
空余下，金叶顶枝花蒂落，未见芳形如样，
想忆起，风中该有香一缕，
空余下，清波漾起面飘纱，不知抛珠早腾雾。
太清太清，一弯月钩挂勺柄，似问却是总无答，
想明白，碧幕未知天地情，
想通透，只见美景困心扰，
欲抬眼，海天深处无穷境，不知龙潭几多进，
欲合目，翻飞尘影乱迷障，不晓文章千百回。
许久许久，只留月魂微露，庭院之中已添衣，
却未见，一句相告知端晓，
只剩得，满目相道论恶魔，
却未见，他年鸿足踏雪泥，
只剩得，白壁清光水映月，空余恨无穷！

# 杂诗六首拾抄

（一）

生命之河流上，缺点顾盼的时光。

况拉手疾走，足音在远处笃然。

（二）

黄叶随秋落地，原命运要如此做。

若能惹人一点伤心泪，也许再上枝头。

（三）

别地的高山远村，岂不识世纪上的悲欢。

若念到草长春风，更如人痛哭崎岖命运。

（四）

随风去的，是生死与疾苦的账欠。

芦花哭得两颊深瘦，瀑布高歌 HoHi－Hou（拟声）。

（五）

流星在天心走过，反射出我心中一切之幽怨。

不必太过要求，幸福是不可捉摸的东西。

且有万千种类，何必食前方丈！

几点伤心的泪，一席肝胆的话，即胜过许多钱财！

（六）

隐忧是恸哭之源，

但恸哭时把隐忧掉了，

我的梦想，睡罢！

你眼非天使之眼，

足非武士之足，

何以明察星斗运行，

抑与虎狼驱逐？

此行，此句，原欲写你灵魂之崩败，

但濡笔时，我先自心酸了！

# 行路难

行路难，行路难，漫漫长路无止尽，天涯何处可停踪？我身正处愤辱中，愿拼一生以慰世，但知维艰履薄冰。他人睡卧冷眼观，然我万里难平步。狂讥滥讽侵心髓，一步十跌伤无尽，何堪再添瓦上霜？

行路难，行路难，此心纵是劳万端，海角何处可暂歇？我自千口亦难辩，眼追手随差人远。慢道我有千千难，他人闲坐笑翻天。纵我满腔欲和人，白眼嘲哂冷如冰。事事参差差人意，奈何我有百味感！

行路难，行路难，茫茫投足不知处，地广何处可习之？我身已是老大者，不晓世故谙人事，但见件件皆逆怀。他人笑谈可人意，我竟无一能入眼。捉弄狭促他开怀，我被羞辱恨重重，何论我心慨不休?!

行路难，行路难，碧碧晴空皎无穷，云深何处可奋起？他人坐卧皆我前，吾需桩桩从头起。甘尝千辛以平持，愿克万难求一进。莫言青春东流水，但求早日雪耻辱，千古遗恨励心志！

行路难，行路难，休说山高险重重，莫嫌我行步步艰，人若如我奈若何？不感人世情厚薄，需求有朝展我颜！

**注：**身如是也，境如是也，盖躺卧之易，而行立苦斯，乃感慨不尽。

1997 年 11 月 17 日

# 陆星吟

诗文

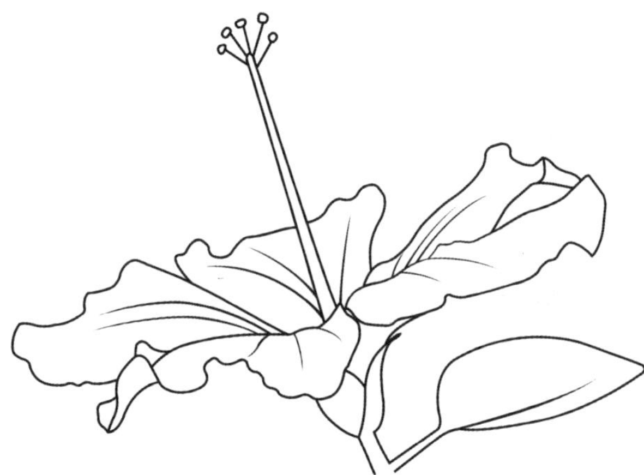

# 仿古诗词

# 长恨歌

精卫本是炎帝女，却入东海变作鸟。

誓要东海变陆洲，何曾填满？

深宫围墙内秀女，眼望欲穿归心切。

红叶未能寄相思，只怨奴家生得俏。可曾解脱？

长城脚下哭范郎，哭倒八百长城路。

孟姜女兮泪变血，范郎可归？

千古悲传风萧萧，恨悠悠哉无奈何！

1992—1994 年间作于巴彦浩特，时年 13—15 岁

## 长袖舞

后宫三千女，含泪伴歌舞。
鸟儿尚自由，宫女何不能？
只因君王暴，老死在宫中。
一生强作欢，挥挥长袖舞。

1992—1994 年间作于巴彦浩特，时年 13—15 岁

## 凤凰词

凤凰树，栖凤凰。
树儿枯，凤飞去。
凄凄鸣，何有家？

1992—1994 年间作于巴彦浩特，时年 13—15 岁

# 哀

萧萧风，叶儿枯。
女贞木，何结成？
原是血，本是泪。
冤愁结，凝一树。
杜鹃啼血声声哀，
何为太平世？

1992—1994 年间作于巴彦浩特，时年 13—15 岁

## 叹嫦娥

悔恨无极奔冷月，为得仙身独吞丹。
空留羿娥美谈论，泪眼回首望人间。
天帝严厉不容情，遣去广寒伴冷月。
一蛙孤兔芳草萋，孤影伴伊度此生。

1992—1994 年间作于巴彦浩特，时年 13—15 岁

## 愁阴云

沉睡方苏醒，但见天阴沉。
心盼晴空现，空待几日时。
阴云勾愁丝，冷风更添凉。
吾言雨日悲，此话今验证。

1992—1994 年间作于巴彦浩特，时年 13—15 岁

## 早春

冬日已去，残梦醒来。
回看萎草，已泛柔绿。
春风不日，满目兴旺。
愿此兴旺，经久不衰。

1992—1994 年间作于巴彦浩特，时年 13—15 岁

## 悦

忽见昨日阴云布，午后飘下点点玉。
剔透孩儿来降福，赐给生灵久盼雨。
雨后柳丝挂珍珠，千点万点透晨光。
往日不见春色美，今日方得见此秀。

1992—1994 年间作于巴彦浩特，时年 13—15 岁

## 无题（一）

一阵烟雨过，满城皆朦胧。
天色虽仍阴，我心却甚喜。
叹得今日福，饱览一春娇。

1992—1994 年间作于巴彦浩特，时年 13—15 岁

## 雨后

日照雨后天，万物俱生辉。
垂丝漾春风，金光射楼宇。
小雀一声啼，惊破阴云天。

1992—1994 年间作于巴彦浩特，时年 13—15 岁

# 浮云叹

生来无家归，四海皆走遍。
几时泛沉乌，魂自归西天。
空留几点泪，洒向人世间。
只求世人知，游子心苦烦。

1992—1994 年间作于巴彦浩特，时年 13—15 岁

# 塔形小诗一首

兰
高雅
且芬芳
虽不高大
也不比牡丹
但它如一片霞
如一隐藏的美玉
只待那伯乐来识它

1992—1994 年间作于巴彦浩特，时年 13—15 岁

## 无知音伤感

觅友六载久，苦于无知己。
今日虽慰我，尔可知我心？
深知一片心，此处不适用。
苦中有不同，可有同命鸟？

1992—1994 年间作于巴彦浩特，时年 13—15 岁

## 杨花落

春来杨先发，尖尖小塔芽。
透出几点红，不日出杨花。
可怜花命短，几日落云英。
化作枯黄枝，默掩于土中。

1992—1994 年间作于巴彦浩特，时年 13—15 岁

## 城春

近观小城春，远看雾迷濛。
绿树皆笼罩，透出万种情。
夕阳如同血，映照满城晖。
浮云各显姿，添得几分骄。

1992—1994 年间作于巴彦浩特，时年 13—15 岁

## 夕景

晚看远山半遮面，几重素云压山头。
阴阳两云相嬉戏，阵阵莺啼过云天。

1992—1994 年间作于巴彦浩特，时年 13—15 岁

## 塞上春

塞上春日姗姗迟，欲近初夏方见春。
几场春雨洗小城，过后留下处处娇。
春末欲献美中美，留得姣美于君心。

1992—1994 年间作于巴彦浩特，时年 13—15 岁

## 惊梦

春庭花阶昏昏睡，花落多少不曾知。
只见梦中好风光，眠中竟自笑唇开。
几声雀鸣耳边过，惊破梦中玩水心。
张目却见柳絮飞，方知时已过盛春。

1992—1994 年间作于巴彦浩特，时年 13—15 岁

## 感赵飞燕

娇燕倚桥栏，博得君王欢。
身盈似飞燕，旋旋柔风飘。
几点流波眸，夺夺君王魂。
空有娇美容，后人称祸水。

1992—1994 年间作于巴彦浩特，时年 13—15 岁

## 昭君出塞

生来美绝伦，心似明月皎。
风华荷出水，为民把塞出。
黄芨伴一生，终把美名传。

1992—1994 年间作于巴彦浩特，时年 13—15 岁

## 无题（二）

暑热之天倾盆雨，
不见遥楼见地天。
乌云愁色不足悲，
自有春江花月夜。

1992—1994 年间作于巴彦浩特，时年 13—15 岁

## 落日

朝日满怀志，过午益光大。
当日不曾料，黄昏当前愁。

1992—1994 年间作于巴彦浩特，时年 13—15 岁

## 思黛玉今叹

烟雨黛玉泪，似把情怨诉。
空留淅雨声，几竿潇湘竹。

1992—1994 年间作于巴彦浩特，时年 13—15 岁

## 柳咏

东风小庭院，直把柳腰弯。
只是性柔弱，奈何不得风。

1992—1994 年间作于巴彦浩特，时年 13—15 岁

## 倚楼栏

几点鹅黄绿，添得雨后雀。

几朵愁云散，天公笑开颜。

1992—1994 年间作于巴彦浩特，时年 13—15 岁

## 阳阳斗

太公射金箭，乌婆挥袖逃。

乌甲小兵卒，竟无一遗留。

**注：**诗中太公指太阳，乌婆指乌云。

1992—1994 年间作于巴彦浩特，时年 13—15 岁

## 讽

尖嘴猴腮貌似清，膘肥体胖实不然。
未曾忘却旧年灾，家家桌上老鼠肉。

1992—1994 年间作于巴彦浩特，时年 13—15 岁

## 言志

怒发冲冠凭栏立，
指神骂妖笑苍天。
何日雷电齐轰响，
惊破苍天迎朝阳。

1992—1994 年间作于巴彦浩特，时年 13—15 岁

# 悼刘和珍

英雄一去不复返，
留此英名万代传。
和珍无须多言语，
只须傲笑钢刀前。

1992—1994 年间作于巴彦浩特，时年 13—15 岁

## 闻琴

声声触心怀，悲泪映夕阳。
曲声犹自泣，弦断伤心处。
尚愤未翱翔，凭音慰冷落。
激愤正得意，弦断空留声。
夕阳尚斜照，琴音犹绕心。
闻罢双泪流，叹为血泪歌！

1992—1994 年间作于巴彦浩特，时年 13—15 岁

## 知音

激愤双泪流，丝弦声声传。
一曲悲泪歌，唱断伤心弦。

1992—1994 年间作于巴彦浩特，时年 13—15 岁

## 观星

夜出云山头，仰望天文星。
寒星犹照人，空山孤猿啼。

1992—1994 年间作于巴彦浩特，时年 13—15 岁

# 叹

孤坟寒鸦一游魂，
鬼仍仰望苍天泪。
堪叹人世风云繁，
多少英才默默沉。
妖魅当道难称才，
纵有奇才也奈何。
黄泉路上相饮泣，
长叹一声拂袖走。

1992—1994 年间作于巴彦浩特，时年 13—15 岁

## 春神

明眸犹带寒星光，
乌云自委半弯月。
素手摇摇挥天画，
春来仙风飞五岳。

1992—1994 年间作于巴彦浩特，时年 13—15 岁

## 散句

千古嗟叹到今日，
空留西风独凭吊。

1992—1994 年间作于巴彦浩特，时年 13—15 岁

# 忆雪容

多年后再读上述旧稿，往事如昨，睹物思人，不胜伤怀，感而追忆。

立夏时节，
猛睹旧年诗稿，
黄纸稚语，拙墨淡痕。
忆当年姐妹，
小轩窗下，共赏诗画。
勾评了了，言笑如昨。
不意狂风骤雨，
白荷倾折泥淖，
翻作血泪波涛，此恨难消！
别时音容历历，眉梢眼角都似恨。
愧空遗人间，无法雪恨，
只岁岁佛前心香一炷，
骗慰人己。
怎瞒得过？

梦中眼底心头，不时萦回。

只含恨吞泪，提笔来续，心弦余音。

**注：**上述旧稿指从《长恨歌》开始到《散句》“千古嗟叹……”这部分1992—1994年间作于巴彦浩特的旧稿，当年姐妹俩曾就这部分内容窗下促膝共读，勾画赏评。将此篇特置于此，以示纪念。

2017年5月5日立夏日作于佛山

# 寒江月

残梦醒，犹忆断肠时。
无眠斜倚翠枕，
数残漏，望秋月，
无限惆怅。
叹，叹，叹，
滴尽女儿泪，
此心更向谁？
独对倩影诉衷肠。
欲洗泪，
开门却见，
恶人总当道。
天公不开眼，贤良处处无路！
枉了一世才，默默化寒泥，遭人践！
心不平，
欲扭乾坤，
且含恨，
待时机。

1994 年 1 月 11 日偶感即题于巴彦浩特

# 早春

山枯水瘦景亦清，
春娘方醒步尚迟。
草色才上尖尖角，
妖桃艳李未摇黄。
鸟性未谙啼春色，
浅唱春风玉门关。

**注：**时已入夏，才咏早春，是才情晚发矣，一笑。

1994 年 5 月 26 日作于巴彦浩特

# 散句

千娇百媚，

把了红酥手，共览春色，

千里风光竞一时。

约 1994 年间作于巴彦浩特

# 落红子·无情

昨夜忽起秋风，
扫尽多少春色。
“林花谢了春红”，
意冷冷。
叹人世，太虚幻。
我欲狂笑天涯，
无人与伴；
我欲一洗天下，
无人同行。
奈何，奈何。
都言女儿太痴情，
却向无情场中行。
奋马扬鞭呼啸去，
登天路头是绝伦。

1994 年 12 月 31 日作于包头

# 见沈七响吹笛悼友偶感

玉笛玉声玉人边，
七孔风生响霄汉。
曲曲声似诉别情，
借向玉笛念远朋。
试问远朋今何在？
蓬莱仙洞对弈人。
曲哀声泣悼早逝，
朋自远去不顾我。
空留倚栏弄笛人，
笛也曰：狠心！狠心！

1995 年 2 月 13 日作于巴彦浩特

# 人面·桃花·秋风

忆当年人面桃花，
今日秋风怅然。
叹一字幻迷万人，
只是痴性难改。

1995 年 2 月 13 日作于巴彦浩特

# 少年志

初生之犊不畏虎，
热血沸腾冲霄汉。
群蝇乱舞赤旗上，
可叹英雄血染就。
暗夜狂飙早萌起，
风熏人醉不觉醒。
我辈挥戈当奋起，
石破惊天斩群魔。

1995 年 2 月 13 日作于巴彦浩特

## 月夜静思

夜思秋月下，云逐月生风。
不知花睡处，得无照红妆？

1996 年 7 月 1 日作于包头

## 蒲公英

任尔蜂狂蝶浪，
无语只笑丛中。
一朝风吹忽散，
飘作漫天仙影。

1996 年 7 月 1 日作于包头

## 赠杨翠芬

风清云淡骨自奇，
“梅花雪里亦清真”。
繁霜重露风雨后，
更有骄姿别样红。

1996 年 7 月 1 日作于包头

## 赠包雪玲

乌飞兔走昼竟夜，
庭前桃李空衰荣，
春风只等闲！
云衣苍狗世无常，
多少往事付烟云，
唯幸与君识。
娇柔自有傲骨在，
慧智兰心质清高，
幽兰独芬芳。
黄蜂有知寻香来，
不意重瓣蔽芳蕊，
空自慕幽香。
奈离别不解人愁，
不知何夕再相逢，
无语问天星。

1996 年 7 月 2 日作于包头

# 练字偶感

白宣浓墨小狼毫，
蕉叶素笺写闲情。
人生亦如行云书，
峰回钩折曲意深。
但凭胸中有天地，
行云流水在毫端。

1997 年 10 月 29 日作于呼和浩特

# 奇缘错

情起何处？
缘起何处？
叹造化弄人，神灵用意，
奇缘却无分！
纵擦肩数过，
对面却不相识，空相遇！
今日方如梦忽醒，历历如昨，
却已陌路两向！
错！错！错！

君情深重，
义比金坚，
怎奈命里无分！
愧对君心，
惜花心肠几曲深！
知我懂我，
爱恨并重，
却一再成空！
愧！愧！愧！

2017 年 5 月 11 日作于佛山，晚读旧稿，
大梦初醒，感怀至深，愧而铭之

# 梦幻情

梦里人生，
那堪梦里相逢不识！
前生夙缘，
今世劫历。
叹苍天无情太甚！
缘又无分，
遇偏不见，
对对捉弄两散。
只一个情字伤人太甚！
欲罢不能，
欲语还休。
“天若有情天亦老”，
故是无情弄有情！
幻境幻梦历真情，
醒时方知梦过半。

2017 年 5 月 11 日晚作于佛山，梦初醒无寐感怀

# 桃花劫运

三月芳菲尽桃花，
夹岸十里三生缘。
渡尽芳菲渡情人，
缘来相会花落谁？
花自飘零水有意，
脉脉护花到桃源。
世外仙姝世外君，
尘中口舌尘中劫。
缘起会际劫运转，
至诚至真动天地。

2017 年 5 月 11 日作于佛山

# 寻芳·闭

幽兰独隅自芬芳，
草形常被世人讥。
堪叹神明会奇夙，
黄蜂有知寻芳缘。
不厌小兰弱衰容，
偏重芳清契相知。
蜂自旋旋几徘徊，
幽兰却在屏门内。

稚芽无觉一梦酣，
春风消息醒梦迟。
梦里迷蒙闭芳蕊，
蜂自郁郁抱恨去。
兰梦旧诗方忆吟，
缘是缘非空牵挂。
感愧真情寄清风，
明月一梦付相知。

2017 年 5 月 11 日作于佛山

# 竹石缘

莺鸣呢喃，
蝶舞蹁跹。
天心流云缓缓，
正风淡云轻好图画。
翠竹奇石遥相对，
言词默默，
一任清风拂拂。
竹叶婆娑，
奇石静静。
天涯若共知己存，
又何必朝朝暮暮！

2017 年 5 月 27 日作于广州

# 梦故园

红花寥落故园情，
竹叶披离蛩声长。
清风明月伴有知，
梦里数度故园行。
缓步旧时曾识景，
言笑历历旧时人。
是幻是真不分明，
梦里人梦痴迷离。

2017 年 5 月 27 日作于广州

# 佛·情

佛心亦是有情心，
情义相联古至今。
普度众生源深情，
无情无义亦无佛。

2017 年 5 月 27 日作于广州

# 见锄草感怀

刀锯无情，
世眼难容不规。
车滚刀过，
盎然翻作枯黄一片！
人伤怜叹，
清芬正浓，堪堪折了华翠！
偏不由它，
拗性早深根，
只一夜歇养，
又见伤处青翠复萌。
三三两两点点，
星绿渐成原野。
复笑春风花旁，
鸟鸣和风欢畅！
莫道草形微劣，
陋姿郊野道边。
原草野火春风，
锵锵劲骨响史！

2017年5月27日作于广州

# 真假幻

“假作真时真亦假，
真作假来假亦真”。
颠倒迷离弄众生，
幻境幻情幻假真。
真中有假假中真，
慧眼慧心慧辨识。
醍醐浇来屡不醒，
一旦梦醒悟本源。
穿行劫历苦厄磨，
循环往复无穷尽。

2017 年 5 月 27 日作于广州

# 蝶恋

小蝶灰蓝，
双双对对勾连。
一阵风吹忽散，
转作只只个个飘零。
徘徊有意，
怎奈机缘已过，
空怀思念！
停落足旁，
人蝶相怜、相顾。
欲语还休，
欲书又罢。
缠绵幽情怎诉?!
只一梦化蝶而去，
梦里好寻旧时相识。

2017年5月27日作于广州

# 送君行

君且去，

因缘会际一逢散，

两不相顾怀心间。

人生要义非只情，

相知不必长相守。

天涯各行两陌路，

心若相知便比邻。

相敬相重相知励，

同志天涯两知己。

送君且去休回顾，

狠心之处情深地。

2017 年 5 月 27 日作于广州

# 悟机缘

前世今生未来事，
天机早定作安排。
梦里人睹梦中景，
迷梦不知何处识？
依稀记得旧情景，
恍悟天机实叹心。
一切随缘皆过去，
自拭泪痕含笑生。

死生生死本相连，
涅槃本是死后生。
悟时即死旧皮囊，
旧衣虽着心不同。
自力自救自修行，
缘起缘止自有合。
似曾相识知旧缘，
惜缘敬天不语行。

2017 年 5 月 27 日作于广州

# 白婵花

娟娟秀叶，
婷婷白花。
鹅黄芯蕊，
含苞初绽。
洁白素雅，
如婵如娟。
风拂清香，
若无似有。
今识清芳，
名、花如然。

2017 年 5 月 28 日作于广州

## 蝉鸣

入夏时不久，
粤地日生炎。
人倦困思睡，
蝉鸣更催眠。
声声复振振，
毒日更无聊。
都言蝉声恶，
谁解自由欢？

幼年历坎坷，
暗哑地下牢。
将死才出头，
见日欢情涨。
不为谁献曲，
只为我自歌。
休管他人谤，
人生当歌畅！

2017 年 5 月 28 日作于广州

# 烟雨旧迹

乌云墨烟雨中情，
替谁垂泪到昔园？
伤睹旧景倚翠竹，
竹魂一缕存旧芳。
明月不见双倩影，
只遗片香只影伴。
知己已去空留迹，
惆怅低眉觅句传。
清风有知传芳来，
万里风讯送君前。

2017 年 6 月 1 日作于广州

# 光阴误

叹少年疏懒，
错把韶华轻抛。
闲了情思，忙了衣食，
悬了子女忧心；
住了狼毫，停了冰弦，
滞了写意丹青。
浑噩噩，辜负了光阴寸寸；
幻梦里，迷失了路径几许。
到如今，蓦然回首，
惭愧煎心阵阵。

老大拾笔，
重温黄口旧稿生慨。
恨玉不成，迷离作瓦，
无颜以对重托。
意欲补过，
唯勤唯戒，
自立自救渡己人。
莫问浮生剩几多，
且行风雨渡己舟。

2017 年 6 月 2 日作于广州

# 绿影仙子

绿影红拂美婵娟，
医苑珠盘出水荷。
借得夕阳一抹红，
绿影粉腮微含羞。
款款温柔言语轻，
微微一笑便倾人。
蝉翼薄纱笼婀娜，
颔首相顾真天使。
绿纱风拂仙姿态，
荷袂飘飘下凡来。

2017 年 6 月 6 日作于广州

# 送别曾老

不惑之年偏迷惑，
情义难舍堕沉沦。
幸得曾老相宽慰，
高风慈心后辈敬。
智信俭朴豁达人，
古稀相伴释真情。
小辈感佩难言表，
荡怀万千付诗传。

2017 年 6 月 7 日作于广州

# 送曾老夫妇别

高风慈心救沉沦，
智信俭坚豁达人。
玉芝宝曾神仙侣，
古稀相伴比金坚。
晚辈感佩难言表，
稚拙小诗赠相别。

2017 年 6 月 7 日作于广州，此诗微信至曾老

# 咏木棉花

粤地风骚独一枝，
春来花发动羊城。
奇姿独立千枝头，
花冠怒张似拳撑。
五瓣肥厚火红妆，
曾历战火曾浴血。
伟业遗芳民念怀，
日晖红映革命花。

**注：**木棉为广州市花，又名革命花。

2017 年 6 月 9 日作于广州

# 打乒乓球感怀

小小乒乓方战场，
你推我挡来往忙。
人生亦如战乒乓，
见招拆招应对频。

2017 年 6 月 15 日作于广州

# 伤笋折

修竹一隅自芬芳，
雨后喜见小笋出。
赋诗感怀尚余韵，
不意黑手折笋伤。
笋叶零落竹黯然，
簌簌泪落天悲伤。
恨人无情贪私心，
竹影笋梦一齐消。

2017 年 6 月 15 日作于广州

## 暮云恋

晚云娇姿映日彤，
霞彩舞衣金边华。
暮归倦日亦流连，
渐入浓幕仍探看。

2017 年 7 月 21 日作于佛山

## 烦绪

意乱情烦无适处，
漫遣笔墨上毫端。
涂鸦写意乱素笺，
谁解缘由问根深？

2017 年 7 月 21 日作于佛山

# 浮生半

浮生堪叹光阴速，
倏忽已过半生涯。
劫历因果会机缘，
梦醒似明偏又迷。
痴儿未悟澄彻时，
烦心忧闷困心间。
百千愁虑皆在意，
一齐抛却难狠心。
随缘随分随时过，
当下把握不虚度。

2017 年 7 月 23 日作于惠州

# 叹兄

堪伤兄妹缘，
有名却无情。
恶拳对病弱，
冷落同胞亲。
今思犹痛心，
阴阳两相隔！

2017 年 7 月 23 日作于惠州

## 惠州西湖

淡墨烟云笼惠城，
白羽翻飞过云天。
清雨晨洗西湖娇，
淡妆浓抹醉游人。

2017 年 7 月 23 日作于惠州

## 荒村叹

千村薜荔鬼吟哦，
万户青壮打工离。
老母幼儿齐抛闪，
背井离乡求衣食。

2017 年 10 月 17 日作于佛山

## 自嘲

才情晚发性愚钝，
笨口拙腮言语迟。
老大无成因疏懒，
陋诗浅韵借遣怀。

2017 年 10 月 17 日作于佛山

## 江南

山前鸟鸣脆，
雨后柳妆新。
花自丛中笑，
客醉芳菲径。

2017 年 10 月 17 日作于佛山

## 题照

月半江畔人独立，
“半江瑟瑟半江红”。

2022 年 11 月 14 日作于佛山

## 与朱怡静作题美人图得句

凝脂雪肤桃花惭，云鬓花钿拂衣香。
远嗅环髻芳泽风，秋水横波双盈盈。

朱怡静亦题二句甚佳，索之未得

2022 年 11 月 14 日作于佛山

# 半夜无眠诗一首

混沌渐分夜漏时，阴阳二气转乾坤。
人思不寐通宵想，盼明不至意沉沉。
往事沉浮千般过，脑海无楫舟自漂。
浮光掠影历历目，悔恨欢欣一齐来。
电脑放片快进步，人物举止忙可笑。
一段视频倏忽尽，奔忙人儿到头悟。
熙熙攘攘皆利禄，鸟儿搏命为食争。
繁华历尽宝玉醒，尘寰泪干断牵连。
“仰天大笑出门去”，历尽红尘悟本源。
先贤圣哲言在前，不过数梦南柯醒。
悟字心下一领会，万千萦绕一时休。
若问悟字何处在，翰墨卷中与游历。
游学行历哲思含，明悟与否自用功。
成佛顿悟修行路，慧根灵光一点通。
渡世原因受磨砺，由砺而悟入大道。

2022 年 11 月 16 日作于佛山

## 江南行

南国冬令木林森，千花道旁笑对人。
纵使客来不识名，红姿摇曳绿掌迎。

2022 年 11 月 16 日作于佛山

## 江景

一桥飞架北江垒，江天寥廓一沙鸥。
凭栏欲呼已忘言，水天一色远帆来。

2022 年 11 月 16 日作于佛山

## 怀日本女诗人金子美铃

美铃原自天上来，仙童误坠凡尘劫。
稚语天真浑似金，童心童语妙生花。
奇思妙语本天然，泰翁扭捏难比拟。
“质本洁来还洁去”，清奇格调自高标。

**注：**泰翁——指泰戈尔。

2022 年 11 月 16 日作于佛山

## 赞中国高铁成网

东西南北各通达，高铁长龙吟啸出。
先辈遗愿终实现，换了人间看今朝。

**注：**先辈——指孙中山。

2022 年 11 月 16 日作于佛山

# 叹红颜

造化有意育红颜，娥眉明眸意态妙。
灵慧珑心俗难容，古来佳人多难磨。
天亦无情恶东风，骤雨疾风吹零落。
天何绝情妒红颜，一任薄命司里册。

**注：**“薄命司里册”——指如《红楼梦》中众红颜被登记造册于薄命司里一样。

2022 年 11 月 17 日作于佛山

# 赠同学窦丽琼诗一首

丽质慧心自不凡，少小大志学谨坚。
脂粉队里一芳冠，娥眉才干不输男。
英雄不问出身处，学成纵横观世界。
红颜多难东风恶，凌霜傲雪不沉沦。
三年艰辛数回劫，几起几落终坚强。
感君敬君抒怀笔，遥寄小诗慰情怀。

2022 年 11 月 19 日作于佛山

人生烦难多困惑，十字路口几徘徊。
何去何从问天星，默默无语亘河灿。

2022 年 11 月 19 日作于佛山

# 怜女

娇容花貌飞星眸，樱唇微启吐玑珠。
品自高洁志自强，正值芳华病魔侵。
长叹造化弄人意，偏教红颜多薄命。
怜女难替病身痛，悔不幼时关爱少。
亲疏讥嘲不解语，天将玉琢几番磨。
愿女常向苏公达，胸中郁垒一齐消。

**注：**苏公——指苏轼。

2022 年 11 月 19 日作于佛山

# 脚扭伤赋诗二首

其一

得意马蹄疾，忽跌台下阶。
祸福一瞬间，感慨转头生。

其二

旦夕祸福相依倚，人生难言变数多。
月盈月亏悟大道，否极泰来乾坤转。

2022 年 11 月 27 日作于佛山

# 针灸闻病友弟脑溢血突逝有感

卅年风华一时休，青春争强少爱身。
酒肉浑度不觉醒，霎时无常阴阳隔。

2022 年 11 月 27 日作于佛山

## 题朱怡静艺术照

仙侠素衣冷香风，神光傲然英气凛。
月魂清辉映波流，琴心剑胆啸竹林。

2022 年 11 月 29 日作于佛山

## 观金学长彩墨山水画教学视频有感

云气氤氲山岚翠，水瀑流响珠玉泻。
染点青绿绕云现，飞花桃柳缀桥溪。
气色水光传神显，色墨浓淡妙调和。
技高不吝教分享，共绘江山处处娇。

2022 年 11 月 29 日作于佛山

## 题朱怡静抚琵琶照

轻拢琵琶微颔首，桃腮粉映花瓣红。
柳眉入云飞星眸，秋水盈盈半含羞。
仙骨玉肌真天人，花并芳根一脉香。

2022 年 11 月 29 日作于广州大学

## 观云流天幕有感

谁人提笔泼墨洒？天当画纸云做墨。
奇姿出岫峰峻险，浓淡远近意恣扬。
飞鸟掠空添神笔，留白闲处韵水墨。

2022 年 11 月 29 日作于广州大学

# 观李子柒短视频有感

幼年坎坷多磨难，
幸赖慈祖爱护成。
心灵手巧性淡泊，
小村一隅独芬芳。
胸中有爱天地美，
着眼处处美乡村。
虽为年少自品高，
落凡仙子不流俗。
成名不忘己身任，
热闹场中终清醒。

2022 年 11 月 30 日作于佛山

## 观山景图

远山叠翠笼烟云，飞瀑流响天际垂。
含秀蕴灵峰自奇，入云指天仙人居。
莫道山高登难上，坚心一意自有径。
拂身困苦不足萦，绝处风光在顶峰。

2022 年 12 月 1 日作于佛山

## 怀亡姐雪容

愧笔感怀付心香，芳魂一缕升九天。
愿借毫端续弦音，雪容龙归大海深。

**注：**陆雪容为 1976 年生人，生肖属龙。

2022 年 12 月 1 日作于佛山

## 题朱怡静生日所收向日葵花

金边盘作向阳花，生来勃发元气满。
不是寻常弱娇姿，一腔热情共阳生。
借得花语祝希望，生共花发阳光照。
开心人生多明媚，生涯总伴太阳晴。

2022 年 12 月 2 日作于佛山

## 题百合花

雪姿玉蕊娇竞放，含露欲滴苞待开。
自是花中俏佳丽，不语婷婷笑醉人。

2022 年 12 月 2 日作于佛山

# 寒月吟

高天寒云月笼纱，
彩雯华辉光照人。
广寒宫里嫦娥在，
应是半露芙蓉面。
羿君不见千古恨，
羞看人间薄云遮。
万里长空同清辉，
一样情思两处愁。

2022 年 12 月 4 日作于佛山

# 贺中国航天事业进步

贺中国神舟十五号升空成功，与神舟十四号航天员顺利交会，神舟十四号航天员安全返回地面。

神舟十五载人升，太空交接技高难。
英雄归来举国欢，今日强国胜往昔。
科教兴国根本计，江山后继赖英才。
大刀阔斧勇改革，愿才辈出教育强。

2022 年 12 月 4 日作于佛山

## 赠朱怡静之高三班主任陈镜辉老师

三尺方台明镜辉，学苑树人师德高。
小女得遇恩师护，师生厚谊众感怀。
落难不弃知音在，感天动地至真诚。
莫道世风日下沦，义比金坚有我师。

2022 年 12 月 5 日作于佛山

## 感遇

小女芳华东风摧，弱娇身躯一时伏。
感遇师友多援手，一片真诚助再来。
起落本是人生道，心中怀梦可期待。
愿女释怀观高远，一时不足莫挂心。

2022 年 12 月 5 日作于佛山

## 观《金婚》电视剧有感

荧屏电视彩画剧，戏里人生戏外感。
白首偕老非易事，相爱容易相守难。
互尊互谅多包容，惜缘共渡今世舟。

2022 年 12 月 6 日作于佛山

## 问天

怜女花摧东风恶，芙蓉娇颜一时暗。
“天意从来高难问”，生涯迷茫路何方？
郁怀难释夜难眠，无语仰天问寒星。

2022 年 12 月 6 日作于佛山

## 月

天高云淡月朦胧，遥望人间不分明。
古今多少月夜时，共向寒宫问嫦娥。

2022 年 12 月 7 日作于佛山

## 大雪节气咏

大雪时节南国寒，一夜朔风天忽晴。
久违艳阳光普照，暗郁悲怀一扫空。
人生亦当雨后晴，碧空万里照前途。

2022 年 12 月 7 日作于佛山

## 多年后再读育儿日记有感

十年未读旧文章，黄纸斑驳迹漫漫。
感怀人母夜夜心，回看病因早潜伏。
教子辛苦力难支，一旦失意众谤责。
伤心凤女芳华摧，人叹可惜优秀材。
唯力补牢时未晚，暂时风雨终有晴。
东方不亮西方亮，人生多途大道通。

2022 年 12 月 7 日作于佛山

# 读雪容遗文有感

文词雅妙胜父兄，满腔恨怨悲太甚。
旁人不解花落意，一怀冰冷自体味。
若能惹得一滴泪，也许再上枝头飞。
泣血悲怀痛绝笔，行路难处无关爱。
弃世决绝近廿载，葬花人去空余迹。
不愿此花葬彼花，借得毫端续弦音。

2022 年 12 月 8 日作于佛山

## 晴夜见满月孤星有感

霁月伴孤星，星月相耀空。
莫言无知己，相惜有情人。
千古共一轮，不言亦脉脉。
把酒邀明月，诗怀古今同。

2022 年 12 月 9 日作于佛山

## 赠张越

少小坚强志高远，不卑不亢有气节。
尚忆当年共游戏，果果开怀笑模样。
倏忽光阴都长成，结缘粤地又相逢。
学成归来立事业，海阔天空任尔行。

**注：** 果果为朱怡静小名。

2022 年 12 月 10 日作于佛山

# 剪纸

红宣金刀化意裁，方尺可纳千秋壑。
创意更添年节庆，户户窗明巧飞花。
时代变换终不衰，非遗传承有后学。
创新辟蹊多途径，千年民俗远流传。

2022 年 12 月 11 日作于佛山

# 赠同学谢瑞

骄姿意气忆当年，昭君马上展风采。
回眸一笑倾人顾，丰姿丽影塞北珠。
同窗共读诗文集，留言廿载迹分明。
稚拙小诗今重睹，感怀当年慰评语。
岁月迁变人事易，散落天南地北间。
借得风讯传怀思，万里共祝月一轮。

2022 年 12 月 11 日作于佛山

## 寄思田红梅

遥寄红梅一枝春，江南风景意中行。
不语此中真境界，伴得清风明月达。

2022 年 12 月 13 日作于佛山

## 叹雪琴

遥忆姐妹当年情，稚幼小妹牵衣行。
赴学火车伴同路，寒天冻地捂手暖。
求学本是坦途道，生涯坎坷错付情。
流言诽谤汹汹生，病来玉倾再难扶。
未得关爱丝缕心，伏案抄书反拳报。
伤心从此意怀冷，郁垒心墙独自封。
寒心向世廿余载，为避逐门匆忙婚。
愧怀无能救苦难，惟愿力补一丝慰。

**注：** 拳报：以殴打作为回报

2022 年 12 月 13 日作于佛山

# 感父

天星犯七命数奇，香池诞身不出头。
性灵清高痴书呆，恃得笔才傲物狂。
重才仗义散财资，和明心慰地有知。
精明糊涂时参半，命运崎岖悲喜历。
儿女缘伤孤老身，爱恨交织复杂怀。

**注：** 诗中“命数奇”中“奇”读为jī，“命数奇”意为命苦。

2022年12月13日作于佛山

## 寄语朱小童

聪明顽皮性良善，弱身饱受老拳摧。
寄语小童放眼望，幼时磨难多成器。
男儿立志当青春，他年成就报坎坷。

2022 年 12 月 13 日作于佛山

## 题朱怡静自拍照

娥眉弯弯新月裁，盼顾飞彩秀目神。
绛唇一点未语笑，自是非俗仙子貌。
感天修得今生缘，得遇神女下凡亲。
历劫悟道惜仙缘，共对磨难不独行。
渡世舟去伴前航，风雨劫后虹更娇。

2022 年 12 月 13 日作于佛山

## 题陈晓旭扮演林黛玉剧照

烟眉淡笼峰半蹙，含露凝睇目含情。
柳拂照水娇花影，脉脉不语自风流。

2022 年 12 月 14 日作于佛山

## 济公

尘中佛子劫历行，酒肉穿肠佛坐心。
疯癫狂诞做外相，悟得真谛释佛法。
有心为善非真善，三昧真经在灵台。

2022 年 12 月 14 日作于佛山

## 遥谢周俊芳

求学当年共实习，落车即逢住宿难。
感念芳卿助危困，借宿兄家众女生。
侠肝义胆善心肠，为友情义秉心坚。
淡泊名利品如金，默默无言笑丛中。

2022 年 12 月 15 日作于佛山

## 读史思悟

争竞夸耀一时荣，荒冢一堆古帝王。
长江淘尽古今雄，春荣秋枯死更生。
天下至道法自然，循环变化不停歇。
静观天地悟真谛，精神不灭万古传。

2023 年 3 月 10 日作于佛山

## 感佩戴呼吸机的无锡女孩向晨曦

身残未向天低头，巧手灵心艺高超。
把握网络时代机，自力更生立事业。
更有慈心助残友，教学相长共温暖。
生涯虽无久长期，可敬男友伴不弃。
乐观共对世艰难，笑傲霜雪并蒂梅。

2023 年 3 月 10 日作于佛山

## 赠社区廖运巧医生

躬身一线默服务，解民疾苦助残困。
和言慰心三冬暖，亲蔼周到善心肠。
职微不厌老病残，医德高尚心为民。
莫言世道总炎凉，坚秉德仁辉永世。

2023 年 3 月 10 日作于佛山

# 赞张沈心然考入清华大学后捐款十万元助学善举

秀姿明眸清水蓉，性灵谈雅品非俗。
妙龄高中状元魁，潜心苦读雏凤飞。
家风恬慈情义重，佛香一缕善心根。
喜贺赞捧纷沓至，淡然一笑清醒观。
十万奖金捐助学，素衣如旧品胜金。
世多拜金俗脂粉，不及心然慧根香。
欣看中华有凤麟，代有高格大善才。

2023 年 3 月 11 日作于广州大学

# 赠诗词大会冠军雷海为

外卖小哥隐身形，诗词大会惊人鸣。
朴衣陋形怀真金，风雨送餐学不辍。
诗魂有伴苦也乐，历世淡看荣辱惊。
年华虽老心不衰，厚积薄发敢竞才。
一朝夺冠天下闻，苍神不负有心人。
诗书作伴教后学，众力共逐诗词潮。
喜看中华大地春，文明瑰魄重光耀！

2023 年 3 月 11 日作于广州大学

## 寄思李娜

歌喉亮绝树高标，青藏高原曲永响。
天籁高音急流退，遁入空门吟梵歌。
清泉一泓洗凡尘，佛衣顿改昔年妆。
笑观世间得失事，静种心池莲台花。

2023 年 3 月 12 日作于广州大学

## 赠公公朱占录

花自半开酒微醺，此中境界自得意。
心灵更晓知足乐，小酒日酌不逾度。
书笔端秀教幼学，学苑执鞭数十载。
烦心琐事少萦心，烟吞雾吐一呼散。
宽胸安遇随分过，天塌下来不误眠。
天生命格白蜡金，自是尘寰有福人。

2023 年 3 月 12 日作于佛山

# 叹母范玉芝

（原名范毓芝，因笔画多、难写，改为玉芝）

大眼角眉男生相，生来命格亦特奇。
牛性耐劳心硬强，体胖愚拙自有福。
才貌傲郎配夫婿，志趣殊异难瑟合。
本应分飞各适意，忍耐终生习惯磨。
毓芝儿女四子成，一胎腹死伤心事。
挈儿抱婴呼幼女，一日三餐灶前忙。
坚俭性慢爱惜粮，寡言忽怒人惧威。
夫妻不和家事衰，三女寿夭悔恨前。
纵儿骄娇少苦砺，家室少爱不睦亲。
中风一病不起身，罪苦十年坚挺捱。
堪敬老伴责义心，辛劳不辞相依助。
同是女辈怜遭际，爱恨笔写母女缘。

2023 年 3 月 13 日作于佛山

# 感农民诗人马和明

丐形入世天才笔，讷言不善世故情。
黄土泥中讨生活，赴试屡败意不得。
天缘得遇陆浩识，一马奔驰畅笔怀。
生涯五十命蹇促，贫病交加白血绝。
遗世诗文草稿乱，赖托养蜂友珍存。
天人各方久断讯，蜂友费心寄稿寻。
人闻逝音皆惊惜，天才早夭薄命哀。
幸得身后有师友，整录编辑付版出。
二集诗文记生平，珠玑光耀文星阁。
叹世少爱真金宝，落尘诗文掩民间。
愿得识玉慧眼顾，代有高作继阳雪。
遥天祝香借清风，告慰和明灵有知。

2023 年 3 月 13 日凌晨作于佛山

# 怀魔芋大王安徽大学生命科学学院教授何家庆

衲衣丐形人谓疯，金玉品格俗不识。
心怀苍生救贫苦，大慈高义敢孤行。
大别山里独考察，西部边陲只身赴。
魔芋瓜蒌助农富，默默为民沥心血。
一心耕耘轻名利，教书育人己身则。
任凭世事风云变，坚秉理想泥不染。
纵使病榻命无多，争时著述指导忙。
遗言角膜捐山娃，眼亮观天期望殷。
“蜡炬成灰泪始干”，事业未竟后继学。
愿得志士弘伟业，英灵有知笑九泉。

**注：**衲衣在此处指补缀过的破旧衣服。

2023 年 3 月 24 日作于佛山

## 读北溟鱼著《在深渊里仰望星空》一书有感

谁谓年少识见浅？荡开冗墨拔新意。
心弦共鸣古贤才，妙笔灵思泻毫情。
读罢魏晋击节赏，名士风流慨至今。
古今常叹循环道，鉴往知来注新识。
世同变乱人迷茫，共仰星空指途行。

2023 年 3 月 24 日作于佛山

## 赠朱怡静之高三语文老师王怀芳女士

菊淡怀芳质清香，秋圃晚风自守洁。
护芽肯披繁霜露，信得风雪后归春。
待到花开满庭芳，不语笑看重阳诗。

2023 年 3 月 24 日作于佛山

## 菊

翠叶披离护稚芽，霜寒雪冷不畏难。
心暖度得冰消尽，来年更笑群芳后。

2023 年 3 月 24 日作于佛山

## 春雨

潇湘空迷濛，雾云混太虚。
佳景添水墨，娇花滴珠露。
化冻醒春风，解盼泽旱瘠。
润物缘深情，播种赖春霖。

2023 年 3 月 29 日作于佛山

# 读朱怡静 2023 年 4 月 19 日所发微信朋友圈文字有感

其一

内卷原因畸形攀，起跑线前焦虑灼。
众随大流争人上，竞争残酷丑态多。
变乱迷茫仰星空，北斗亘古指途明。
静读史书自明鉴，古圣贤才心神交。
拨开迷雾见自心，历世真修己心经。

其二

当下的人多有迷茫，青年人更是如此，不知未来在哪里，路怎么走？读文后有感而发，遂写下以寄励志之情于所有有志之人。

精卫填海志冲天，石积水涸沧桑变。
莫笑精卫愚公痴，精诚可开金石门。
世无难事肯登攀，星火燎原非空梦。
青俊才杰放眼望，万年朝夕只转瞬。
思行学知观天下，亿万儿女有辨悟。
“躺平”一时暂休整，养精蓄锐辨方向。

寒窗廿年磨书剑，学成斩妖澄玉宇。

海枯有时桑田变，天翻地覆清浊分。

以上两首均为2023年4月19日在佛山夜读朱怡静听网易云音乐《精卫》后所发微信朋友圈文字感而不寐所作，现附此朋友圈文字如下：

痴，癫，疯，狂。

渴望，迷茫，奋斗，空虚。

交织在一起。

渴望生命的意义，试图追求生命的价值，

我奋斗，我拼搏，我痴狂。

我想要一种充实的有意义的生活，

但是我找不到生命的意义。

我想要情感价值，社会价值，经济价值，

“用什么来爱?”“先谈养心殿，后拜瀑淋身”，

“我只想要被好好对待”。

我像精卫一样，

疯狂而不知其意义地奋斗，

不知疲倦。

我想要生存，

我不仅仅想要生存，

我想要活着，

做一个人一样活着。

我想要“爱”与“意义”，

但是我在无休止的奋斗中得不到情感支持，

得不到社会支持，
得不到经济价值。
我空虚，我迷茫。
进而我怀疑，我癫狂。
我不知道要往哪里去，
却又被洪水裹挟着前行。
归根到底，我想要的很简单，
“价值”“意义”“存在感”——“爱”。

**朱怡静注：**这里说的并不是笔者我，这里的“我”指代的是千千万万挣扎着的现代人类。

作曲的人是有点疯癫的，也许这就是卷不动又躺不平的人们的样子吧？

## 叹学生

小小书郎背囊沉，作业责训苦恨多。
考试纷繁应对忙，少欢玩乐唯分高。
一试不成伤心泪，低首向隅独自哀。
淡处逆境望高远，一时败失岂盖棺？

2023 年 4 月 20 日作于佛山

## 夜观月星

天星一颗地一人，造化有意毓灵杰。
万物长短相生克，自然平衡自有序。
失序世乱无度求，贪全不得满盘输。
身达力尽知命足，天地有憾本不全。
月到盈极便亏暗，酒饮逾度就伤身。
此消彼长云卷舒，清风一缕酬月星。

2023 年 4 月 20 日作于佛山

## 敬赠外卖员诗人王计兵

风雨送餐路，偷空著书忙。
火焚心血稿，泪洒葬书土。
谋生养家难，不废写作志。
磨难几回劫，感天坚心人。
风霜终有去，光灿耀神州。

2023 年 4 月 24 日作于广州大学

## 题芍药花

粉白渐浸花裳轻，玉蕊含羞半面遮。
云中仙子降凡尘，藏迹花中露神韵。

2023 年 4 月 24 日作于广州大学

# 读《诗经》闻曲怀思

前一日游佛山千灯湖公园，道旁小憩时闻由李清照作词（《一剪梅·红藕香残玉簟秋》）、苏越谱曲的《月满西楼》曲，又读朱怡静手机所传《诗经》摘文，心醉神驰，次日感忆而作。

“陌上人如玉”，道旁柳若眉。
经通古今情，曲解相思念。
谁言知己少？书中颜如玉。
月照一江水，万古诗怀同。

2023 年 4 月 24 日作于广州大学

## 见锯木惊鸟有感

春时花争发，庭前燕旋飞。
筑巢栖高树，风动撼枝摇。
锯木违时令，翠叶纷纷落。
鸟惊飞回顾，巢倾雏啾鸣。
何不怜生灵，顺时繁殖育？

2023 年 4 月 25 日作于佛山

## 读王计兵诗集《赶时间的人》有感

笃志坚心炼笔墨，妙意灵思一腔情。
寻常景物入心化，翻作不俗付真诚。
贵格自随文章显，拾荒仍守品质洁。
千磨万难琢玉成，浑璞精神铸笔魂。
喜读诗文深感怀，万古诗流注新泉。

2023 年 5 月 2 日作于佛山

# 闻朱怡静为朱小童介绍佛山一中及分享学习方法有感

恍惚旧时讲台上，小小讲师风采飒。
满腔热忱人师梦，品高学优力践行。
真诚责义聪灵秀，更兼德善姿容美。
天欲玉汝偏一磨，芳华雨后虹更娇。
唐僧取经八一难，历艰磨砺方功成。
展志从来非易事，达观远望坚心行。

2023 年 5 月 3 日凌晨作于佛山

# 读朱怡静作诗《梦回一中及汾江河道》一文感怀

拳拳赤子心，殷殷期望情。
诚感中心魄，情寄遥期梦。
魂思旧游地，意念往日朋。
大风云飞扬，挥斥意方遒。
凭栏登临意，对江送目远。
携侣曾游处，言笑如昨日。
厚谊暖心间，燃灯照生途。
不负故人期，一笑相逢知。

2023 年 5 月 3 日凌晨作于佛山

# 题美人图

红晕渐渡桃腮雪，眉峰聚处浓淡色。
造物相通借花喻，色妍姿丽参差像。
回眸浅笑太真貌，云裳花容倚阑干。
照影娇花风拂水，意态难画妙领会。

**注：**参差：在此处为差不多、相似之意。

2023 年 5 月 3 日清晨作于佛山

# 赠朱小童地球仪灯并附诗一首

小小寰球蕴大千，经纬分明自守中。
借得光点心灯明，放眼世界天地宽。
少年早立飞天志，鹏程高举巡广宇。
自当信得天酬勤，读书万卷路万里。
思行合一致久远，胸怀天下包万象。
莫愁身困不自由，学成遍观宇宙奇。

2023 年 5 月 3 日作于佛山

# 游亚艺公园赏早荷赋情

碧波微皱小荷出，笔尖挺向天心写。
临轩蕴秀书清俊，挥毫泼墨画丹青。
笔落天成高逸才，静写心经庄严相。
红瓣意向观音台，不争俗艳自净植。

**注：**是日游园意欲赏荷，时初立夏，荷花未开，见一小荷才出水面，形似毛笔，喜而赋诗。

2023 年 5 月 9 日作于佛山

# 睹雪容旧照感怀二首

其一

廿载光阴迅白驹，回首遥望故乡非。
黄纸旧照笑颦在，花落难寻风一缕。
《白桦林》歌伤怀曲，黄河瀑流怒龙声。
愧怀难对奠花情，临窗笔写续心弦。

其二

《大海》歌哭葬姣龙，怒向江天倾盆雨。
洒泪欲洗天地新，除恶展怀朝天飞。

**注：** 1. 《白桦林》《大海》为陆雪容生前喜爱的两首歌曲。

2. 陆雪容死后骨灰撒入了黄河。

3. 姣龙：属龙的美丽女子。

2023 年 5 月 10 日作于佛山

## 题扶桑花

红云飞渡天边霞，日出扶桑耀华夏。
花魂通穷神树灵，仙衣隐身红装绯。
不语观世历万年，沧桑几度又春风。

2023 年 5 月 10 日作于佛山

## 听《春江花月夜》曲感怀

琵琶筝弹江月畔，水光映影花枝摇。
笛吹春风宛转情，曲动人心激荡怀。
珠滚落玉声琅脆，音绕天籁意绝妙。
仙乐人间难得闻，曲终痴伫情未了。

2023 年 5 月 10 日作于佛山

## 叹杨贵妃扮演者周洁病逝

丰姿玉润气华贵，霓裳曲舞梦魂萦。
国色香浓沁心醉，露华一枝娇欲滴。
沉香亭北牡丹在，红颜香消不再来。
堪叹芳魂向故土，一意思归情根深。
含笑逝去蓬莱山，纱衣云飘天外仙。

2023 年 5 月 10 日作于佛山

## 静赏古筝独奏《彝族舞曲》

天外音响彝曲声，曼舞回旋衣袂风。
轻摇慢抹急撮奏，意雅情婉高低回。
醉心难言真妙境，静聆不语入曲深。

2023 年 5 月 11 日作于佛山

# 题朱怡静幼年旧照

时光飞流逝，回看天真纯。
黑眸星光闪，弯眉新月裁。
樱唇天然巧，拙步蹒跚迟。
天赐浑金宝，仙童下凡亲。
聪灵纯真秀，心巧慧识学。
更秉善性根，体贴关爱人。
影集旧照多，历历情瞬间。
珍记永心间，回顾深感怀。

2023 年 5 月 11 日作于佛山

## 听革命红歌有感

荡怀万千激昂曲，千军万马奔腾起。
横扫敌阵气吞河，满腔热血爱国情。
从来浩然正气沛，驱虎追日豪情涨。
江山红遍层林染，代有革命传承人。

2023 年 5 月 11 日作于佛山

## 咏大榕树

亭亭圆盖巨伞撑，翠叶婆娑木成林。
虬根怪龙潜地行，裂地欲腾飞天际。
南国沃土深情植，荫佑人民世共仰。

2023 年 5 月 16 日作于佛山

## 闻杜鹃鸟啼感怀

春尽花落子规啼，“不如归去”声毕肖。
一声啼尽千年春，古今同叹伤怀意。

2023 年 5 月 17 日作于佛山

## 感张宏炜与吕营笔友之交

二十四载书笔交，真情纯谊感天地。
默语呵护心灵花，淡笑力担责义肩。
为善不图功名利，贵格高品真君子。

**注：** 2023 年 5 月 17 日晚观电视节目意外看到一位辽宁男子张宏炜与自幼患肌肉萎缩症的残疾女笔友吕营之间真挚、纯洁的友情事迹，深为感怀，提笔记之，以表敬重之情。

## 思赵匡胤千里送京娘义行感怀

宋祖高义护花行，千里迢迢鞍马劳。
侠肝仗剑救离散，风雨护行不厌烦。
京娘花貌几番试，岿然不动义心坚。
村俗讥言怒起身，转身一骑绝尘埃。
龙庭忆起当年事，已是花落无处寻。
伤惜红颜因谤夭，堪叹德义照史辉。

2023 年 5 月 18 日作于佛山

## 致敬消防员

明知烈火无情，偏向险危冲锋。
堪叹勇毅男儿，救民危难不辞。
火焚身残牺牲，遗世老母幼子。
危困不改忠志，丰碑永矗民心。

2023 年 5 月 18 日作于佛山

# 赠朱怡静之小学数学老师邓少梅女士

光阴飞度，
回首相顾，
已是寒暑十五载。
相识幼时，
依稀旧颜在。
慈容笑貌，
谆言教诲，
和蔼善聆护芽心。
教导有方，
化育情深长。

倏忽时光，
亭亭长成，
一声问候如初。
情系衷怀，
意感牵挂肠。
念恩永心，
感谢常怀，
祝福词表心意难。
唯力进学，
不负故时期。

2023 年 5 月 21 日作于佛山

## 赋诗感怀

老大学笔舞墨兴，访平问仄韵沉吟。
框束意缚恨书少，寻经借典费神思。
偶得佳句急书记，灵光飞散赖笔头。
半生风雨多消磨，晚来诗笔沁心芳。

**注：**“赖”指依赖。

2023 年 5 月 21 日作于佛山

# 观蚂蚁寻路有感

巨人俯首观，微蚁寻路忙。
土块高山挡，曲折流水横。
杂草交相错，往来人足频。
慌奔四方寻，气味飘渺散。
抬头不见远，身迷局地限。
仰天长喟叹，人蚁何所似。
熙攘往来忙，奔波求衣食。
迷局不知路，只缘身此中。
时空视角换，豁然路分明。
佛观不语笑，真意自领悟。

2023 年 5 月 22 日作于佛山

## 《朝花寄咏》稿成赋怀

风雨四十载，稿成已半生。
黄口稚语在，红尘修行路。
天人感隔世，姐妹情心弦。
书笔慰伤怀，寄月一梦知。

2023 年 5 月 22 日作于佛山

## 观雷雨

云龙腾爪幻形变，意气昂然欲吞日。
墨色浓淡飞鳞甲，生风挟雨蔽峰峦。
千钧压来城欲摧，昼明顿消如墨夜。
风云际会动天地，雷电震寰妖魅惊。
敢破哑喑恃生气，一洗人间万物新。

2023 年 6 月 10 日作于广州大学

## 伤雪容

又到一年高考时，踌躇满志忆当年。
凤翅未能展怀飞，伤痛满心坠地悲。
生前难得关爱护，逝后仍做祥嫂嫌。
俗厌如尘无常扫，花落人逝了无痕。
愧怀唯借书笔慰，遥祝明月励心愿。

2023 年 6 月 10 日高考结束次日作于广州大学

## 见外卖员赶时奔送外卖有感

分秒争赶为生计，风吹日晒雨淋身。
阶高坡陡不畏冲，冰滑路迷导航行。
竞争日多老迈拼，父母妻儿盼食薪。
高才常没身形处，堪伤奔求斗米生。

**注：**“没”指隐没。

2023 年 6 月 11 日作于佛山

## 赞外卖员彭清林勇救落水女子壮举

钱塘浪涌水深阔，西兴大桥高架空。
为救一命纵身跃，壮举光芒万丈辉。
酸俗诮谤闲风语，蚍蜉难摇大树高。
顶天立地真英雄，民心自有正义存。

2023 年 6 月 18 日凌晨作于佛山

## 梦雪容

廿载隔世别，忽梦会沉酣。
花颜如生秀，颀身若柳柔。
纤指弹筝鸣，宛音拨弦响。
曲罢乘风去，醒忆知心感。
稿成慰伤怀，清风祝梦遥。

2023 年 6 月 19 日作于佛山

## 风雨夕无眠

天地顷时变，雨骤风吹狂。
雷动声震宇，电闪明裂空。
倾盆水直泻，折枝树腰弯。
龙行端午雨，水漤汪洋海。
稼穑苦滂沱，抢时竞收麦。

2023 年 6 月 19 日夜半无眠，闻大雷雨至，感怀而作于广州大学

## 赠中医张前团医生

杏林妙手救病危，三指能详疾根源。
望闻问切药配伍，扶阳调理功高深。
中华神医有传人，代代承流洪济世。

2023 年 6 月 19 日作于广州大学

## 闻鸟晨啼感怀

旭升阴阳分，晨风鸟鸣脆。
声启晓音丽，毛梳画羽彩。
首领一唱应，群和曲高低。
语妙宛啾叽，歌动啭喉清。
性灵多奇妙，万物造化神。

**注：**“宛”指宛转。

2023 年 6 月 19 日作于广州大学

## 梦会苏轼

神州梦游会古贤，访仙论学意相通。
书斋砚墨纸散漫，轩窗晴绿纱透碧。
入梦忽去一面缘，励心不忘笔生香。

2023 年 6 月 19 日作于广州大学

## 敬《水浒》人物燕青

身虽罡星末，品胜众军首。
俊伟艺精绝，花绣纹身翠。
忠义智胆识，见机知抽身。
聪灵自风流，富贵不贪求。
浪子假名挂，枕霞戏观云。

2023 年 6 月 19 日作于广州大学

## 感上海安福路小公主

魔都浮华世纷纭，安福街头多行匆。
公主裙垂环佩饰，王冠钻耀寸发短。
众斥讥嘲等闲视，病痛伤后知自珍。
历世淡看人言评，真性善根自傲然。
生涯不易同沉浮，互爱共渡行世舟。

2023 年 6 月 19 日作于广州大学

## 感世

金银作鉴照人心，终生奔劳恨无多。
钱财罪名背负沉，心贪意婪实首祸。
名利财色层圈套，挂碍心堕地狱火。

2023 年 6 月 19 日作于广州大学

## 佛缘

月下祝愿向观音，结庐又在莲台边。
晴空甘霖因不忘，动心一念神相知。
佛山修心书笔伴，缘是从前梦根生。

2023 年 6 月 20 日作于广州大学

# 忆雪琴唱《葬花吟》

2023 年 6 月 21 日于广州大学闻陈力唱《葬花吟》，忽忆多年前雪琴旧事，而今不忍回首相望，感叹而作。

二八芳华时，携锄扮黛玉。
红楼葬花曲，声咽洒泪泣。
弱肩扛花锄，兰指纤拂回。
历历旧景忆，转眼难回首。
红褪容颜老，躯改婷婷姿。
眉淡不再画，发枯失亮泽。
寒心向世冷，草婚苟且生。
不复当年人，如何不泪悲！

## 观世

沙海一粒大千界，宏微远近原相对。
蜗角争斗死不休，闭眼难携一毫金。
不语观世佛静看，悲悯慈心历炼知。

2023 年 6 月 21 日作于广州大学

## 云

古今共悠悠，万里总漂泊。
朝映旭日彤，暮随晚风归。
笼月斜翠梢，墨白点画空。
化雨润物生，蒸汽复烟袅。
变化总一心，幻形护生灵。

2023 年 6 月 21 日作于广州大学

## 赠蔡颖莲医生

医苑莲开心池中，慈怀救护病患多。
德高技妙众称扬，为民疗疾有口碑。
借得毫端三分墨，感念真诚一腔意。

2023 年 6 月 25 日作于佛山

## 赠杨铭哲医生

笔写端庄气，人怀救苦心。
蔼色察疾源，和言对病弱。
责重不辞劳，技精任当先。
杏林才德秀，感怀墨舞寄。

2023 年 6 月 25 日作于佛山

# 忧思寄月

风摇花颓，暗泣伤怀。
雨打风吹霜冷。
几番春秋，前路迷茫。
郁怀难诉谁知？
月行中天，默然相对无言。
天意高深，难测未来何数。
杜康不解愁，未消尽千年慨叹。
一樽酹月，清风遥寄，
入梦暂解忧怀。

2023 年 6 月 25 日怜女伤怀，情郁于中，借毫遣意作于佛山

## 赋怀

瑶琴弦借传心曲，千回百转意徘徊。
春花秋月年复年，明镜白发暗偷生。
欲诉愁肠言又止，抚弦情乱无从适。
一怀忧绪遣墨书，磨笔研心化诗赋。

2023 年 6 月 26 日作于佛山

## 敬白崇禧夫人马佩璋女士

才德兼怀身，端容雅非俗。
智慧清醒观，胆识粉英雄。
乱世风云处，定念变不惊。
荣败豁怀看，终得福满圆。

2023 年 6 月 26 日作于佛山

# 故乡情伤

乡关何处?

已嫁女漂泊。

荡波难系心舟，无归路。

梦里故乡凄冷。

早是物换人非，花落木凋。

更那堪争产难闻视。

情伤义毁，尽断一丝温暖。

伤心处，绝念时，正值风萧瑟。

决意雁飞去，不回首。

2023 年 6 月 26 日作于佛山

# 梦示

梦魂飞度关山，忽见旧时门庭。
鱼灯彩映流辉，耳闻语谈分明。
感知励心不弃，磨笔生香自勤。
相逢一梦念怀，路指心晓知命。

2023 年 6 月 27 日作于佛山

## 生途叹

少小无志随波流，半生沉浮始思叹。
早尝甘苦悟机缘，晚成书笔墨生香。
历世修心己身任，曲折路终不离道。

2023 年 6 月 27 日作于佛山

## 晨景

一丛花红深浅，晓啼啭喉妙丽。
柳染波绿风漾，扁舟不系自横。

2023 年 6 月 27 日作于佛山

# 赠黄志鹏兄

遥忆当年，一声关切深感怀。
青城缘聚，几年光阴转瞬别。
犹记敦厚诚义，翩翩风度谦君貌。
廿载驹隙飞度，分散天南地北。
料想风霜，应改旧颜。
不变诚厚衷怀。
借毫谢情，墨涂稚拙无韵。
聊表记念，书赠珍重互祝。

2023 年 6 月 27 日作于佛山

## 无寐

无寐，无寐，双眼鳏鳏待明。
无寐，无寐，忧思辗转反侧。
通宵难眠，心塞坠石。
无寐何以疗解？

2023 年 6 月 27 日作于佛山

## 题江西三清山

苍茫云海波涛涛，奇峰峭拔出其间。
仙道遁迹留残痕，登天云梯未曾收。

2023 年 6 月 28 日作于广州

# 记街头拉琴老者

毒日兼风雨，街头一隅缩。
白头浑汗流，肤黝面壑沟。
旧琴破衣裹，音奏红歌曲。
嘶哑声难听，行匆少人停。
久立身倦乏，腹饥饭无着。
职业乞丐多，老弱无人怜。

2023 年 6 月 28 日作于广州

# 观自然世界类纪录片有感

观万物生灵，叹造化神功。

巨象微蚁，寿龟蜉蝣，

花妍果异，木古种新，

更有汪洋海物，神秘探究未知。

山川江湖，云雨雷霆，

风汐吞吐，斗星转移。

俯仰天地之间，感叹机巧运化神妙。

人渺其间，寰球如沙。

自然伟力，谁主沉浮？

2023 年 6 月 28 日慨笔以记于佛山

## 赞神童王恒屹

疏眉秀目神俊朗，颖悟早慧强记忆。
腹有诗书仪潇洒，诵记应用拈自如。
慈祖教导良有方，不做仲永恒屹然。

2023 年 6 月 29 日作于佛山

## 夜步文华公园览景即题

月隐纱云半雾遮，彩雯辉映寒星明。
塔尖耸空华灯红，歌昂舞曼群怡情。
漫步闲踱晚风凉，惬怀共乐听曲鸣。

2023 年 6 月 29 日作于佛山

# 新诗

# 期望

当我失意时，
痛苦与孤独伴着我。
当我觅友时，
孤影留在身后。
为什么，
那每颗晶星是一扇心灵的窗？
世间不平何时灭？
心中愤怨何日消？
或许，
我得等到双鬓斑白，
可我现在只拥有期望。

1992—1993 年间作于巴彦浩特，时年 13—14 岁

# 悼小友

几缕清风飘过，
告知我你离去的消息。
昔日的你，
时时在我眼前跳跃，
如今，
你却是静静地随死神而去了。
尽管，
我早已知道你会死，
可我到今日才证实了这一点。
你走了，
解脱了人世间的苦恼，
化作清风而去。
在你走时，
仍不忘在梦中给我传来永别的信息。
可爱的你，
可恨的你，

可怜的你，

可惜的你！

爱犬阿猫卒于1993年1月20日，同日作此诗于巴彦浩特，时年14岁

# 生命支柱

在暖风中，
有多少人沉迷了。
在寒风中，
又有几人能傲然挺立？
落叶飘下，
告知我狂风暴雨即将来临，
或许，
暴风雨还来得太早、太早，
但我愿意，
以我弱小的身躯，
去迎接那狂风暴雨的到来。
来吧！
尽管，天空仍被厚厚的云层掩盖，
妖魅仍在四处游荡，
但我深信，
乌云遮不住太阳，

那未来的广阔的蓝天将属于我们！
到那时，
早晨明媚的阳光，
将会驱散一切妖魔鬼怪！
一片雪花飘下，
告诉我新的风暴雨雪即将来临。
或许，
上天对一个人的考验太久、太久，
但我愿意，
以我弱小的身躯，
去迎接那狂风雨雪的到来。
来吧！
我将与狂风雨雪争鸣！

1993—1994 年间作于巴彦浩特，时年 14—15 岁

# 酒·火

人生是一杯苦辣的酒，

我饮下了它。

酒、血，

在体内燃烧着，奔涌着，

猛烈地冲击着束缚它的血管和躯壳，

以至于皮肤都要难以抑制地迸裂……

酒，

是一个魔物，

它可以把你胸中已濒临熄灭的火种

重新点燃，烧得你热血沸腾……

这火，是怒火，是复仇之火，

它像一头野兽，

在无形链索下被压抑许久，

如今，受了酒的引诱，

便疯狂地喷泄出来，

在眼中反射出胸中的火光。

它跳跃着，
卷着火舌，
带着不可抗拒、可怕的光芒。
在这跃动的火光中，
隐隐映出无数张重叠着的丑恶、奸险的脸庞，
那是火焰所要吞噬的对象……

1994 年 6 月 12 日作于巴彦浩特，时年 15 岁

# 无题

我不甘雌伏，
不甘逆来顺受，
不甘忍受精神上的凌迟酷刑，
不甘像上一代人一样默默沦落，
遭人践踏！
我对大海呼喊：
我若是一朵浪花，
我要竭尽全力去激起滔天巨浪！
我对苍天呼喊：
我若是一片羽毛，
我也要期望生长在雄鹰的翅膀上，
去冲破那乌云！
我对滂沱大雨呼喊：
我若是一个电荷，
我也要化成一声震撼人心的雷霆！

1994 年 6 月作于巴彦浩特，时年 15 岁

# 泥径

下雪了，
兀自走出小屋，静静地看，默默地想。
雪花悄悄落下，
带一份飘逸却也含一份沉重。
脚步落在地面刚铺上一层的雪上，
天空中满是在灯光下映射光芒的雪花，
看不见月，看不见星，
看不见我心灵的慰藉……
蓦然回首，
一行歪歪斜斜的脚印，
触目的、明明白白的，
将它的黑色与真实呈现在眼前……
这就是路呵！
泥径！

1994 年 12 月作于包头，时年 15 岁

# 树

一棵大树。
仰望的是繁茂的枝叶，
高耸入云。
低头，
树身满是疤痕，
不论是人为的还是自然生成的。
树，
尽管遍体创伤，
可它还是长大了，
长成一棵繁茂的大树了。

1995 年 5 月 15 日作于包头，时年 16 岁

# 幸运者

我望见我的心。

我的矛盾，

我的泪，

我的痛楚，

都装在这小小的肉腔里了罢！

强力将它撕裂了，

暗红的血正从中间的腔室里喷射出来。

终于，流尽了，

在裂口处凝成黑紫的血痂，

却还有血丝时时渗出。

我感到创口的剧痛，

但这痛楚使我感到欣欣然。

我忽而产生想要舐食心血的念头，

想从舐食心血中品出苦的甜来。

我之所以欣然对待这创伤的剧痛，

是因为我感到不幸，

而这不幸恰是我的幸运。

我是一个幸运者，

呵，是的，

我的不幸便恰是我的幸运。

1995 年 5 月 20 日作于包头，时年 16 岁

# 心绪

无从写起的心绪，

很像漫天飘扬的柳絮，

勾起多少惆怅与遐思……

撕碎的日记，

片片飘落，

只能含泪亲吻着大地，

悄悄倾诉着它所记载的一切。

像大海般翻腾不已的心绪，

可声带和眼泪无法表达，

于是，

心中便怀了对雷雨的企盼。

企盼着，企盼着，

那阵阵轰鸣，那轰然巨响，

震撼着人心，引起每一个腔体的共振。

于是，

感到满足、慰藉……

又是柳絮漫天的日子，

麻一般的心绪里，

有一个企盼：

何时能下大雷雨呢？

约 1995 年春末作于包头，时年 16 岁

# 散文

# 墨鸽

十月的北国，秋意深浓，已是一派萧瑟的景象。

清晨，天空像一块厚厚的铅灰色的布幔，罩住了整个大地。太阳还没有出来，只从山顶的云隙里透出一线微弱的曙光。豆藤在竹竿上瑟缩着，干萎的豆叶在寒风中“呜呜”响着。结满籽实的小草枯黄了，它们早已将生命的绿色深藏在地下的根里。

我有了一丝惆怅，默然将目光移向天空。突然，我的目光停滞了，在那高高的屋顶上，有一个铁铸般一动不动的身影——那是一只墨黑的鸽子。

它倔强地站在那里，两条纤细的腿微微颤抖着，那小小的、尖尖的头向东方高高昂着，像一位勇敢的斗士，迎接着那寒风的扫荡。寒风大约被激怒了，呜呜地叫了起来，扭卷着身子，抓起地上的沙土，向那一动不动的身影掷去。任凭寒风怎样施展淫威，这墨黑的鸽子依旧傲然挺立在高高的屋顶上。

我不禁感叹起来，鸽子啊，你究竟在想些什么？请你告诉我，是什么力量使你如此执着，如此勇敢？

我沉思着……

突然，一阵“咕咕”的叫声，我抬头一看，只见鸽子一挫身，像一支黑色的箭直刺天空，向着那微露曙光的东方飞去。

渐渐地，渐渐地，它终于溶入了茫茫的天际。

1993 年 1 月作于巴彦浩特，时年 14 岁

# 风

南方的风是温柔的风，潮润的、轻柔的风。它像一位温柔可爱的少女，总能给人们留下一丝惬意，留下一份温馨的回忆。

而北方的风则像一位鲁莽粗暴的关东汉子，从它的喉咙里发出粗重、浑浊的吼声。在这吼声中，地面上，半空中，一切能带走的东西都荡然无存了，留给人们的只有一片抱怨与诅咒。

北方的风又像一匹脱缰的野马，在坦荡如砥的高原上狂奔后，也需要安静一下。在它筋疲力尽的喘息声中，肃立在余晖中的你，会感到这个世界突然沉寂下来，静静地，静静地，没有一丝嘈杂声，只有风吹过高空中的树枝时发出的嗡嗡余响，在空气中颤颤抖动……

这世界仿佛不存在了，只听见呼吸与风交融的声音。于是，你的心突然莫名其妙地产生一种像母亲望着怀中熟睡的婴儿一般的柔情。

无论是南方的风还是北方的风，都是大自然的奇妙馈赠，让天地间的人们醉心难忘。

风，可爱的风……

1993—1994 年间初三时作于巴彦浩特，时年 14—15 岁

# 我的“百草园”

这一日清晨，父亲在穿过后院过道时，被生长在过道两旁高大的“草”（我们称作“毛扫帚”）妨碍了几次，便发起火来，寻来一把镢头，竟要将它们伐倒。

我于是急奔过去阻拦，但终不济事。只好噘了嘴站在父亲身旁默默地看着，想：“呜呼！我的草们！我可怜的草们！我曾多么热切地盼望你们快快长得又高又大，好使我能玩捉迷藏；我曾多少次幻想拥有一个‘百草园’，虽然我的‘百草园’既不能拍雪人，也从没有支起竹匾，捕到过鸟雀，也没有美女蛇、覆盆子、何首乌……可它在我眼里仍是我心爱的‘百草园’。虽然它们也许生长得不是地方，阻了道路，而我依然不怪罪它们，依然偏爱着它们。啊！草们，你们这些‘百草园’的重要成员们，你们曾是多么生机勃勃的一大片绿色呵！没有了你们，那些美丽的蝴蝶、蜜蜂还会来吗？没有了你们，栖息在你们中间的那些小甲虫、花蝇又到哪里去安家呢？来年，它们还会回来吗？没有了你们，我这‘百草园’又算得了什么‘百草园’呢？”

……

草们在不断挥舞的镢头下，根茎“咔嚓、咔嚓”地发出痛苦的呻吟。又是一声“咔嚓”！草们摇晃着，跌倒在满是尘埃的土地上了。我俯下身，握住一枝细茎，眼前无数的绿叶，在晨风中摇着、摇着，像一只只小手，向我发出求援的呼唤。

呵！叶呵，有多少个早晨，我微笑着向你们问好，你们也在晨风中频频向我致意。那是多么美好的景色啊！

父亲大约很恼怒，并将这恼怒遍撒在每一株可怜的草上了。“咔嚓”！又一株草摇晃着，跌倒在地上了。“咔嚓”！又是一声“咔嚓”！

……

我闭了眼，心中满是说不出的悲哀。由于悲哀草们不幸的命运，我这时已不似往日一样觉得父亲可敬、可佩了，心中不由自主地滋生了一股恨意——是他扼杀了我的草们，破灭了我的“百草园”梦呵！

呵呵，我可怜的草们，我昨日还在你们中间玩捉迷藏呢！

……

开学了，我不得不离开我那满是创伤的“百草园”了。我踏上了北去的列车，耳边响着“咔嗒、咔嗒”的声音，心中却还在想：“那是多么生机勃勃的一大片绿色呵！”

1994 年 9 月 11 日作于包头，时年 15 岁

# 跋涉者

在广袤的大漠中，有一个踽踽独行的身影。

一张满布风尘的脸，一双深邃、明亮的眼，一副粗硬的络腮，一头乱蓬蓬的头发在风中飘着，使人不禁想起雄狮的头颅……

漫漫沙海，一片单调得令人窒息的黄褐色。

一串一眼望不到尽头的深深的足迹……

干粮和水已所剩无几，可你毫不犹豫地迈过脚下一具具残骸，大步向前走去。

跋涉者哟，你为何如此执着？为何如此孤寂？

空中响起一个钟鸣般的声音，是为了忘却昨日的悲哀与痛苦；是为了寻求自己心灵的归宿；是为了发泄心中的疯狂；是为了那一份精神自由……或许，是因为原始人类千万代遗传下来的野性的血液的作用，说出许多“荒谬”的言辞，而被人们视为疯子；也许是天生的愚钝，未投身金钱的大海，而被人们视为傻子，假清高者；也许……也许……

呵，这诸多的猜测，应该给它一种怎样的回答呢？

一串冰凉的泪珠滚落在沙枣花嫩黄的蕊上，晶莹剔透，映出你心中对往事的回忆和略含怅然的眼神，也映出你在风中的狂笑，震撼着天地，使黑暗中狼似的幽眼畏怯地溜走，还映出你对世俗的傲慢不驯服……

又是一日风尘，你却仍然倔强地向前走，走啊走……我问你呵，跋涉者，要去往何方？你却只露出一个谜样的笑，转身大踏步向前走去。在一轮橙黄色、硕大的夕阳中，一个黑点越来越远，后面拖着一条长长的影子……

1995—1997 年间作于包头，时年 16—18 岁

# 小说

# 夏夜

夏日的夜晚总是让人难熬的。

闷热的空气在空中回荡。一位年轻的母亲正躺在床上毫无睡意地瞪大眼望那映在窗帘上的树影。月亮已经升起来了，但是朦朦胧胧，仿佛在这夏夜的暖风中熏得昏昏欲睡似的，只发出一圈淡黄色的光环。在这月光下，周围的景物也都模模糊糊、不明不白的。

母亲看了看身旁的孩子，孩子睡得很安详。母亲掉过头来，开始强迫自己入睡。可总是睡不着。

她总觉得这宁静中隐藏着一丝不安。不安什么呢？她不知道。

丈夫不在家，这使她愈加感到不安。

眼前是黑暗的，但又总有些古怪的光亮在眼前闪着，她屏住了呼吸，静静地，但又颤抖着望着这些光亮，眼前似乎有个魔物正把一环又一环的黑圈向她抛过来，像要罩住她。她吁了一口气，重重闭了两下眼，于是，黑圈便消失了。她闭上眼睛，希冀眼前干净些，可总有一些像鬼火似的东西，飘忽不定地在她眼中出现……

广播员的声音像是从遥远、静寂的夜空中飘过来，显得格外清晰：“据报道，X 市最近发生 6 级以上地震，伤亡严重，抢救工作正在进行……”天哪！她的丈夫正出差到 X 市呵！他会不会出什么事呢？不，但愿不……

……

树上的乌鸦大约被什么东西给惊醒了，“呀——”的一声叫，打破了夜的沉寂。

母亲象被针刺了一样，身体猛颤了一下。身旁的孩子半醒半睡地哼了几声，又睡着了。母亲惊疑不定地望着四周。墙上挂着的一些物什，这时都似乎变成了一个个冷笑着的黑色精灵，在那里幽幽地立着。她下意识地摇了摇头，翻了一下身。她感到自己浑身汗涔涔的，却还在不停地出汗。

“嘤——”一只蚊子在耳边飞来飞去，她忙用手去赶，不料碰着了孩子，孩子皱起了眉头，小嘴咧了几下，终于“哇——”的一声哭了出来。她忙抱起孩子，边摇边说：“乖孩子，不哭，不哭。”可孩子止不住哭，泪珠挂满了小腮帮。母亲只好摇着，哄着……孩子在哭喊了几声妈妈后，终于哭出了“我要爸爸——”这句话。她周身的血液顿时都像凝固了似的，呆呆地坐在那里，像一座石刻的雕像，任凭怀里的孩子怎样哭闹，她都听不见了……

孩子的哭声在静寂、空远的夜空中传得很远很远……

1992—1993 年间初二年级作于巴彦浩特，时年 13—14 岁

# 最后的微笑

傍晚的海，一片平静，只有沙滩上的贝壳寂寞地躺在那儿，远处也只有几只海鸥无声地飞过……金色的海水晃动着，悠悠地抚着露出海面的小岛和附近几块礁石。一位满脸皱纹、衣衫褴褛的老人石像般地蹲在岛边的岩石上，一阵凉风吹来，缕缕白发随风飘起。老人一动不动，一双呆滞、冷漠的眼睛久久凝视着那晃眼的海水。

夜晚，在小岛上那孤零零的一间茅屋中，这位衣衫褴褛的老人正在生火。屋里的摆设简陋，四面露出草皮的墙上仅挂着可怜的几件餐具和一只破烂的鱼篓。一双皱巴巴的手正抓起一把树枝塞进炉洞。火，终于燃起来了，火苗跳跃着，映着那张毫无表情的脸……

老人姓马，不知名字。五年前，刚刚丧妻的他带着唯一的女儿逃债来到这个荒无人烟的小岛上，开始了虽贫困但却快乐的打鱼生活。但好景不长，就在一个月前，他那刚刚十二岁的女儿不幸患病死去了，他也在一夜之间变得满头白发。从此，孩子那无忧无虑、清亮的笑声永远从他的生活中离去了。痛苦的现实扭曲了他的心。他没有流一滴泪，只是无言。在女儿死去的第三天，他把孩子那瘦小的尸体包在床单里，埋在大树下。接着，又去打鱼了。他就这样无言地过了一个月。

天亮了，老人背着鱼篓向海边走去。今天天气不好，阴沉沉的天空仿佛要压下来似的，海风吹起了一朵朵小浪花。老人望望天，一言不发地驾起小船驶向大海深处。今天，他并不顺手，每次把网拉上来时，网总是空的。老人被激怒了，他压抑在心头的怒火与怨恨一并燃烧起来，他发疯般地挥舞着鱼叉，向那深幽的海水乱刺。这时，一只强壮的雄海鸥掠过老人的头，挑战似的叫了几声，不停地在老人头上盘旋：它已看中了老人放在船板上的那块黑面包。因为它今天也没有收获，而它的"妻儿"正等待它带回美食哩！老人停下挥动的鱼叉，盯着海鸥，"这家伙要与我争一块黑面包了。我不能让这无赖抢去我的食物！我要反击！"在老人眼里，这只海鸥成了他发泄的对象。他举起鱼叉，疯狂地向空中横扫，但海鸥竟不退去，更加凶猛地冲向老人……

海风在这一激烈的搏斗中悄然增强，掀起了一个比一个大的水浪。风咆哮起来，卷着水浪一次次扑向小船……

当海面恢复了以往的平静时，已是第二天早晨了。沙滩上，老人伏在地上，紧闭双眼，也不知躺了多久，但手里紧捏着那只海鸥——他把它彻底打败了。不远处的海面上，随波飘来了一些船板，正在靠近岸边。老人发出了呻吟声，睁开了眼睛，极力用胳膊支起前半身，他望望手中的海鸥，冷冷地、凄然地笑了笑，嘴里喃喃着："我胜利了，我战胜你了！"

突然，老人跌倒在沙滩上。他，再也没爬起来。早晨明媚的阳光照在老人身上，老人的嘴角还挂着胜利的微笑……

约 1993 年间作于巴彦浩特，时年 14 岁

# 笛声

天色灰暗，秋风卷着沙土扑向一扇扇钉着铁护栏的窗户。屋内，白色透明的窗帘被风吹得不时飘扬起来。

岚站在窗口，苍白的脸上没有一丝生气。她茫然地透过铁护栏望那街道上的行人。

天很快黑了，没有月亮，只有撕心裂肺呼号着的秋风。岚无力地倚着窗台，望那黑洞洞的街道。突然，一声嘹亮悦耳的笛声冲破了窗户，扑进岚的耳中。她吃惊地抬头去寻找那个吹笛人。啊，在对面的小楼上，有一个青年人，正对着窗口吹笛，他正望着岚。在柔和的灯光下，岚看清了他的面容。他是多么英俊啊，他简直像一个天使。笛声像是在深情呼唤，频频撞击岚的心扉。这轻柔的声调多么像岚的母亲啊！这使她想起了母亲临终时："岚，你知道，我多么舍不得你，可我现在不得不离开你了。我不能再保护你了……""岚，我……我……"母亲的语调突然变了，她竭力向女儿伸出手去，想再摸摸女儿的脸，但她再也没有力量了，她的手从半空中垂下来，搭在床沿上。任凭岚如何呼唤她，摇撼她，都不可能把她从死神那里拉回来了。岚的母亲就这样死了，岚也就被迫地嫁给了她现在的丈夫——一个有钱人。

笛声委婉地撩拨着人心，像是在安慰，又像在轻轻抚摸着岚。岚的唇开始抽动，她的眼里满是泪，莹莹地闪着光，终于冲出眼眶，滚落下来，挂在腮边。风将洁白的窗帘吹拂在岚的脸上，为她拂去这悲哀的眼泪。然而，越来越多的泪珠不停地滚落下来，落在地板上，摔得粉碎。岚跌坐在地板上，发出低低的抽泣声。泣与风、乐相融的声音在空中低低回旋……

笛声突然激昂起来，像千军万马混战了起来，像惊涛骇浪拍打着岩石，像激昂雄壮的号角声般地激励人心。岚渐渐停止了抽泣，专注地听着……

像打开了一扇久闭的小窗，她的心突然敞亮了起来，一股热流融遍她全身，岚的眼前无数激动的光点在跳动，她的心声随着那笛声在铁窗外飘扬："难道我就这样在牢笼里过一生吗？不，不能。我为什么不能像这铁窗外的孩子一样快乐？为什么不能与朝气蓬勃的青年人在一起生活呢？"

……

风吼了一夜。

岚决定了。她要离开这个冷酷的家，去寻求自己的幸福。她向侍女打听外面的消息，托侍女把自己的首饰偷偷变卖成钱。一切都很顺利。

这天夜里，她终于决定要走了。外面客厅里传来阵阵喧闹声——她的丈夫正在大宴众宾。一切都似乎是天赐良机。岚悄悄地、迅速地拎着皮箱向楼下奔去。然而，她的丈夫上楼来了。两人相遇了，岚惊恐而又失望地停住了脚步。她的丈夫先是惊愕地上下打量她，继而，从他的眼镜边上射出了两道冰冷的目光，"你想走？别忘了，你是我用钱买来的！""我不能再这样活下去了！我应该有我的幸福！""啪"的一记响亮的耳光，打得岚跌坐在地上。她的丈夫又把她拎起来，重重地打了两下，将岚往后一推，岚脚下打了一个滑，从楼梯上滚了下来……

岚满头是血，不断滴下来，在地板上凝成一片。岚吃力地睁开双眼，向那铁窗外深黯莫测的天空伸出手去，想抓住它，可够不着。她艰难地向窗口爬去，终于爬到了窗前。岚倚在墙上，抬眼望见了深黯的夜空中有一颗明亮的星。于是，轻轻闭上了眼……

如泣如诉的笛声不知何时又响了起来，伴着从窗口冲出的一道清风飘向那遥远、明亮的星。

约 1993 年作于巴彦浩特，时年 14 岁

# 小小说一篇

清晨，小树林里，明媚的阳光透过细密碧绿的树叶间隙洒落在地上。枝头，有鸟儿清脆地鸣叫着，歌喉宛转。我在树林里坐着，静静地读手中的书。啊！多么美好的清晨！

忽然，树林里来了一个猎人，背着一杆枪，吹着口哨，乜斜着眼睛看了我一眼，举枪向树上的鸟儿瞄准。我猛一惊，刚想开口阻拦他，可一想："他还有枪……"我嗫嚅着，话到嘴边又没有说出口。

"呯""呯"两下枪响了，清脆的鸟鸣声戛然而止，鸟儿从树上掉落下来，猎人捡起鸟儿大摇大摆地走了。

地上留下两摊鲜红的血，在阳光的照射下，一闪一闪，像鸟儿的眼睛……

1995—1996 年间作于包头，时年 16 岁。原文曾发表于包头职业技术学院校刊，刊文已遗失，现根据回忆补写于此。2023 年 4 月 14 日记于佛山

# 信件

# 致女儿的一封信

**纯真、可爱的小朱朱：**

当妈妈再一次提起笔为你写下又一封信时，我可爱的宝贝女儿——朱怡静，已经长成一位亭亭玉立、美丽灵秀的大姑娘啦！

当乌黑的墨水从笔端流泻而出时，我的眼前、脑海里却不由自主地浮现出你从小到大的一幕又一幕：想起我与尚在腹中的你一同听美妙的音乐；想起我与出生后的你初次见面时的四目静静相对，无言却终生难忘；想起我与你嬉戏玩闹；想起我和爸爸初次抱你时的令人捧腹的笨拙窘态；想起爸爸为你细心刮洗玩具羊拐时的动人情形；想起我们一起在如茵的草地上放风筝、追蝴蝶、逐泡泡，还有飘飞的五彩气球……啊！多么美好珍贵的记忆啊！

感谢上苍，赐给我和爸爸这样一个可爱、纯真善良的好女儿。你是我们永远的宝贝，永远的天使。爸爸妈妈永远爱你！

如今，你已从幼稚的孩童逐步长大为独立、自主的大姑娘了。首先，爸爸妈妈要祝贺你，祝贺你迎来你人生中最美丽的花季年华！这是人生中最值得追忆和珍惜的一段宝贵时光，也是你走向更加独立、成熟的关键一步。有一句话说得好：“人生的路很长，但紧要处往往只有几步。”青春年华恰恰是这最紧要处中不可或缺的一段。希望你能抓紧这段宝贵时光，及早规划自己切实的人生目标并为之坚持、拼搏，用自己的努力和才智去谱写属于自己的青春之歌，为自己的人生之路留下坚实、正确无悔的一行脚印。

“天道酬勤”，成功和机会属于有准备的人。在你追求未来的人生梦想、目标的路上，会有风雨，会有坎坷、狭路，会有泪水和汗水，但更会有风雨后愈加亮丽的天空；有坎坷狭路后更加开阔的视野和壮伟景色；有泪水、汗水流过后的心灵与身体的成长与成熟；有获取知识与阅历的厚积与掘新，会最终实现你的梦想。“玉不琢不成器”，历经风雨才能见到更加绚烂的彩虹。当下是科技大发展的新时代，未来的天空何等广阔、崭新，“功夫不负有心人”，只要你坚持不懈，每天进步一点儿，你终会做到你梦想中的那个成功的自己。

无论未来有多少风雨阴晴，有多少磨砺艰难，我和爸爸，你的家人，你的朋友，你的老师，我们永远在你背后支持你，陪伴你，守护你，我们的心始终与你同在。去吧！大胆地去吧！迈开你的脚步，勇敢地去追求你自己的人生梦想吧！张开你的翅膀，飞向那自由自在、广阔高远的碧空吧！

你一定能做到！

祝福你！

妈咪

2017 年 3 月 6 日写于佛山

# 孩子，我希望十年后的你是这样的

**纯真、可爱的小朱朱：**

十年，既漫长而又短暂。漫长得仿佛能听到时间滴答滴答的日复一日，年复一年的脚步声；短暂得使人惊回首时，却发现无法抓住它飞逝的身影，一晃，十年了……

十年后的你，会是什么样子呢？

在这草长莺飞，风和花芳的三月，我在窗边托腮，不禁凝神一笑，设想一下十年后的你，我的宝贝，是什么样子呢？

窗外正是春天，而对于你，也正是人生的春天开始。十年光阴，正到花开如繁锦，蹄疾乘春风的大好光景。我轻闭双眼，仿佛看到了十年后你的模样：

十年后的你，亭亭玉立，明眸皓齿，长腿修项，十足的小美人形象，微微一笑，如花笑靥便醉人心……

十年后的你，身着简练挺括的职业套装，在办公室电脑前、灯光下忙碌，指挥着下属完成各项工作……

十年后的你，成熟、自信、大方，谈吐有致，有礼有节，与人相处融洽，深受朋友、同事们的喜爱……

十年后的你，坚强了许多，虽然有过伤心泪洒，有过徘徊疑难，但终能吹散乌云，迎来艳阳彩虹，开怀而笑；

十年后的你，身体更加健康，经常锻炼身体的你体形匀称健美，活力充沛，精力旺盛，佳绩频创；

十年后的你，收获了自己甜蜜的爱情，以你不俗、睿明的眼光，挑选出真正爱你、懂你的“潜力股”，找到了伴你一生的伴侣；

十年后的你……

一阵清风吹来，将沉浸在设想中的我唤醒。我想到你和刚才的设想，不禁微笑，因为我相信，我的宝贝，我优秀的孩子，会成长为我所希望的那样。

祝福你！我亲爱的孩子！

妈咪

2018 年 3 月写于佛山

# 影鉴人生——观后感

# 《狭路》电视剧观后感

近期无意间看到一部电视剧《狭路》，感觉尚好，但网络上却是恶评甚多。主要被观众诟病的有三点：1. 剧集太多。2. 把解放军表现得太傻。3. 编剧导演同情美化国民党特务是思想有问题。我带着疑惑，反复将此剧看了三遍，部分段落更是看了六七遍。经过反复观看、认真思考后，我认为此剧虽不完美，有瑕疵，但总体仍是不错的，是一部好剧。

之所以称其为一部好剧，主要有以下几点原因：

1. 剧本以多视角反思过去与现在，且视角独特、新颖。也很大胆，敢于诤言。在这里也要为广电总局的宽广胸襟点赞，能够允许不同的视角、不同的声音出现。

2. 编剧及导演怀着对祖国真挚、深沉的爱，才能有这样的立意，创作出这样的剧本，用心良苦。

3. 人物塑造丰满立体，有血有肉。

4. 几位主要演员的表演均真挚自然、到位，演技水平高，把角色演活了。

5. 写作手法紧抓主题，张弛有度、环环相扣，悬念迭起。能从目前大批滥熟的剧情套路中翻出新意，跳脱俗套，思想境界有高度。

6. 对假丑恶的揭露具体、形象、深刻，从而形成有力的批判，而又对真善美予以深切的怜惜、召唤与用心呵护。

7. 摄影、配乐、配文整体不错，尤其是配乐，深有意味，引人深思。

该剧以新中国成立前夕国共斗争为背景，讲述了国民党特务林午阳和共产党战斗英雄马龙之间的多次狭路相逢，两人在正、反、明、暗战场上的多次较量，以及林午阳未婚妻莫莉的思想斗争、转变历程和她与此二人之间的爱情纠葛。剧本以很大的篇幅着重叙述了解放区内这一特殊战场上国共之间的敌特斗争，这是一个较新颖的视角。以往的大多数间谍片、敌特片是正面战场上或是共产党人在国民党内部潜伏斗争的故事，鲜见主要背景在解放区内的剧本故事。剧作者不仅从共产党人的角度，也从国民党人、普通民众的角度反观历史，还原了部分历史真相，客观评价、反思这段历史，为人们敲响警钟，勿重蹈覆辙。真正的爱国，不是一味唱赞歌，不是陶醉在自我编织的无往不利、无往不胜、歌舞升平的幻想和美梦中。剧作者和导演正是怀着对祖国对真善美的真挚、深沉的爱，才能创作出这样的警世之作。

剧中几个主要角色的塑造和表演都很出色，有血有肉，鲜活立体。马龙角色的表演真挚自然，表情、动作拿捏很到位，鲜活塑造出一个正直勇敢、质朴善良、侠骨柔情的英雄形象。莫莉一角虽无高颜值，但表演真挚到位，她的纯真、自然是现今流行的整容脸、锥子脸所不具备的，她的美在于灵魂。虽然被众多网友恶俗评论，但从其网评内容、言语来看，多是未能解得该剧真味、正味的低俗不公之评。谭捷、小燕的表演亦可圈可点，鲜活生动。徐汉元的角色设置亦有深意，表演也很老到，演活了这个阴险卑劣、虚假丑恶、道貌岸然的大反派。这里要特别强调一下林午阳。林午阳的角色设置和表演很出彩。剧本突破了以往许多剧本塑造人物单一、扁平，坏人无一好处，好人十分完美的传统、低级模式，多角度、多层次地塑造了一个血肉丰满、亦邪亦正的林午阳。今天，从国民党的角度看，林午阳亦算是个悲情的孤胆英雄，他的灵魂中亦有高贵的一面。他对信仰的矢志不渝，他对财色的不贪不欲，他对亲人朋友的心狠手辣，他对党国和“恩师”的天真，他对莫莉的真情流露，他内心的挣扎与痛苦，他的狡猾与阴险，他的勇敢与执拗……这些无不被剧作者和表演者以绘画般的笔触一笔笔、一层层渲染、润色，成功塑造。他代表的是国民党内部的一些忠于国民党的爱国、有才干的人，这样的人在历史上也一定是真实存在过的，就如历朝历代都有一些忠于旧朝的忠勇死士一样。国民党也绝不像以往许多影视剧中所表现的那样蠢笨如猪。在现实的今天，在列强环伺、台海危机日益突显的今天，在共产党建党 95 周年之际，剧作者和导演用一颗真诚、忧国忧民的爱国心用心打造了这部剧，为建党 95 周年献礼，更为祖国献上诤言，敲响警钟，让国人反思国民党为何失去民心而失败？当年的共产党为何能得民心而成功？告诫今天的人们勿被太多的奉承马屁声、歌舞声麻醉而重蹈覆辙，实在是用心良苦。

剧本写作手法时时抓住主题，张弛有度、环环相扣，悬念迭起，虽有部分情节流动不够合理、自然，但并无太多闲文赘墨。草蛇灰线伏线千里，明暗、正反、叙事、情感多线穿插并行，宛如一条河流，时而激昂澎湃，时而幽咽婉转，时而高崖危坠，时而缓流脉脉，还不时泛起几朵谐趣的小浪花。层层渲染、润色、刻画，逐步展示人物内心变化和丰满丰富人物形象。开篇以紧张、激烈的战斗场面开始，把观众一下子带入那个战火纷飞的时代。之后又很快过渡转入重点的特殊战场——解放区内的敌特斗争，着重凸显、刻画了人物的内心世界、情感变化。这个过程不是三言两语、一朝一夕就可以合情合理、过渡自然地交代清楚的，必然需要一个较长的篇幅来表现，所以剧集较多也不足为怪。人的思想是最难转变的，剧情必须体现这一艰难曲折的过程。莫莉正是在亲身经历了战火洗礼，并在国统区、解放区完全不同的生活环境里真切体验后，尤其在她被马龙、谭捷等人的真诚感化后，才逐步而由衷地转变了思想，与林午阳决裂，弃暗投明。虽然由于她的重情、软弱，不忍及早举报林午阳而最终亲手葬送了自己梦寐以求的幸福，但这是符合角色性格的。莫莉是个重情、善良的人，这既是她和马龙共同的优点，却也是她和他共同的致命弱点。如果莫莉很快就改弦更张，两三天就去举报自己曾经深爱的人，那她就不是莫莉了。编剧和导演亦是有意设置、用心塑造了莫莉这一角色形象。莫莉虽有过错，但本质是个纯真、善良的好姑娘，本应该像《复活》中的女主角一样得到灵魂的救赎，有个好的归宿。可往往造化弄人、命运诡谲，莫莉在一错再错中亲手葬送了自己的幸福，令人喟然长叹。恰是悲剧，对人的教育意义和作用更大。在剧中，小燕、谭捷在与莫莉和解后真诚地为其操办婚事、莫莉虽深爱马龙但为了对方着想而坚持拒见马龙、马龙最终原谅莫莉等等，均体现了人物思想的升华，让真诚的爱化解一切怨恨，这是现今充斥荧屏、愈演愈烈的宫斗剧、心计剧所不能引导的思想高境界。这是真善美的真切体现，我们需要对真善美的召唤与用心呵护。剧中还着力揭露和批判了以徐汉元、袁清、处长、警察老七等人为代表的反动势力的假恶丑，揭示了人人一心为私、腐败、官场内部相互倾轧、争权夺利而不为国家和人民着想是国民党最终失去民心而丢了天下的根本原因。剧本借剧中多角色之口针砭现实，敲响了警钟，发人深省。剧本还勇敢、真实地展现了邪恶、反动势力的强大与狡猾。但这绝不是长他人志气灭自己威风。现实中的真实情况远比剧情复杂，不要说一年时间才把潜藏的特务抓住，在现实中，几十年后才暴露国民党、特务间谍身份的人亦有不少，至今仍未暴露的特务有没有？答案不可能是绝对没有。正与邪，善与恶的较量和斗争从天地诞生起就开始了。纵观古今中外的历史，阳谋往往不敌阴谋。邪恶、反动势力历来是强大而狡猾的。正如鲁迅所说："旧社会的根柢原是非常坚固的，新运动非有更大的力不能动摇它什么。并且旧社会还有它使新势力妥协的好办法，但它自己是决不妥协的。"（见鲁迅《对于左翼作家联盟的意见》一文）邪恶、反动势力的办法是很多的，明的不行来暗的，硬的不行来软的。它以各种面貌、各种形式，或快、或缓地去侵蚀、演变、扼杀、颠覆新生的革命力量。糖衣炮弹、和平演变的投入小而过程缓但成效极大，苏联不就是在英美的密谋下解体了吗？毛泽东的问语："如果修正主义出在党中央怎么办?"古来打江山易，守江山难。正是邪恶、反动势力如此狡猾、强大，我们才更要时刻保持警惕，以史为鉴，勿重蹈国民党的覆辙，保持共产党全心全意为人民服务的初衷永不改变，以使在老百姓心中的那面红旗永不褪色。

剧中的配乐、摄影、配文从欣赏美学角度来看虽有不足但整体不错。尤其是配乐，很好地烘托了剧情，情景交融并寓意深刻。开篇即以警钟起鸣；剧中多次反复出现《大海航行靠舵手》；徐汉元的联络暗号以一曲圣洁的《奇异恩典》讽刺出场均饱含深意，观者宜当深思。剧中多次（尤其是剧末）出现的莫莉与孩子们开怀游戏的画面亦寄托了剧作者对真善美的美好祝愿。莫莉如孩子般纯真、善良，像她这样的一类人应该得到真正的幸福，无忧无虑、开怀而笑。还有剧中两次出现的勋章，毛泽东画像和“为人民服务”标语的多次展现，结尾处出现的开国大典及毛泽东主席的真实录像，剧末定格的红旗等无不寓意深刻。这结尾一锤重音亦妙在定格处，留下无限空间予观者深思。剧中林午阳对莫莉背诵当年的情诗、林午阳与徐汉元接头的诗意暗语皆更好地衬托出他们的虚伪、丑恶的一面，为丰满人物形象增色添彩。剧中莫莉朗诵的方志敏烈士所写《可爱的中国》反复出现，亦有深意。它不仅是联系马龙、苗青、莫莉情感和思想的纽带，更深有寓意。它曾经是无数像方志敏一样的革命烈士的共同理想与信念。正是这可爱的中国，使得无数的革命先烈甘愿为之舍弃爱人、抛头颅、洒热血，以生命付之。他（她）们之中许多人甚至没有在历史上留下一个名字。谁来祭奠这些没有墓碑的爱情和生命？真正崇高的英雄死去了，但革命胜利的果实不能让狡猾、阴险的内外部敌人、小人攫取。今天的我们不能忘记历史，忘记这些真正的英雄，忘记我们的使命。

另外，该剧尚存在一些不足和失误。较大的失误主要有以下几个方面：

1. 小燕与马龙的婚事因误会闹乌龙，情节上不够合理，有刻意、斧凿痕迹。虽有解释说明，但难以服众。

2. 莫莉在粮库轻易找到并带走电台，后又转移至郊外砸掉电台，还瞒过了马龙等多人，情节设置不够合理、自然，有漏洞。

3. 拍摄取景不符合故事发生地点的实际季节场景。

4. 马龙设计抓捕袁清一节中出现的马龙被绑在椅上仍夺枪制服了袁清，情节不合理，有神化之弊。

还有一些小失误，如：剧中出现的一人分饰多角但露马脚；孙云龙“一五一团”口误；怡宝矿泉水出现在不该有的时代场景中；苗青回忆妹妹丢失时的“三岁”和后文“一岁”的误差；在播放回忆和幻想场面时，画面未能做黑白色彩区分，易混乱剧情；剧末配乐两段曲子在切换天安门开国大典音乐时衔接不够协调、自然；仍有多次英雄单打独斗，事后众人才赶到的影视通弊；字幕有错字。这些虽是失误，但属末节，未伤主体。

对于该剧网络评论中恶评甚多，从其评论内容和言语来看，之所以产生恶评的主要原因有三：1. 剧作者与观众思想层次不同而产生的思想分歧。2. 有人恶意评论。3. 是国人随大流、盲目从众心理的体现。文艺作品是要为民众而创作，但又不能只为了迎合、讨好观众博取高收视率而作，文艺作品应该还负有引领大众思想方向、提升大众思想水平和深化、广化大众思想内涵的时代责任。

总而言之，《狭路》虽不完美，有瑕疵，但瑕不掩瑜，仍算得上是一部好剧，值得看，值得我们深思细品。

2016 年 11 月作于佛山

# 真爱之歌
## ——电视剧《克拉恋人》观后感

由陈铭章、吴强导演，李捷编剧，唐嫣、罗晋、郑智薰（Rain）、迪丽热巴等主演的2015年热播剧《克拉恋人》在我看过《狭路》后进入了我的关注视线。我是先欣赏罗晋的演技而去看他主演的其他影视作品时才发现《克拉恋人》这部剧作的。

这是一部诠释真爱含义的具有高思想水平的好作品。编剧充分考虑了各不同年龄阶段观众的喜好偏向，以真爱为主题，集多种影视要素熔于一炉，谱写了一曲真挚感人的真爱之歌，讴歌、赞美了真诚的爱，在物欲横流、乱花渐欲迷人眼的时代里召唤真善美，呼唤人们用心去呵护、守卫真善美。以真情动人心魄，引起共鸣，对观众教益良多。同时还展现了各不同社会阶层群体生活的酸甜苦辣，是折射人生百态的万花筒。

该剧主题为诠释爱情，但又不只局限于男女之间的爱情，编剧着眼于爱，将爱的内涵丰富、深化、广化，将爱情、友情、亲情、职场人情、追星族的“爱”等多方面层层剖析展示于众，展现真爱、大爱，让观众深思细品其中真味，明白什么才是真正的爱。

剧作充满励志正能量，饱含对生活的热爱，充满坚强、乐观的精神，鼓励人们克服种种挫折、磨难，努力不懈、积极进取地追求正当、正义、切合实际的梦想。每一个生命，无论高贵或卑微，都有它追求阳光、雨露的权利和自由。在奋斗的路上经风历雨，焕发勃勃生机，如钻石的打磨、雕琢，历经磨砺苦难而迸射出更加耀眼灿烂的光芒。剧作紧抓“爱”这条感情线层层递进高潮，一波三折，曲折深入，时时点题，紧密切合钻石及其计量单位“克拉”，蕴意真诚、恒久的真爱，揭示真爱的分量。剧中有大量真挚、感人肺腑的经典台词。如：“真正的爱不是一定要占有，而是需要的时候能够放手、成全。”“埋葬过去，好好向前走。”“人的心是有感觉的，你要是欺骗了它，它会用疼痛来回应你。”“每一个人的爱都有尊严。”“爱过又失去比从未得到更心痛。”“只要你放弃比爱的更彻底。” “爱一个人是爱她的全部，能包容她的缺点。”“爱不能没有原则，错了就要承担。”“失无所失是人间最大的痛，失去的人就像一根刺扎在心里，不经意间触碰到就会隐隐作痛。”“伤害比被伤害更痛苦，随着时间推移，这痛会更加深，更加痛。”等等。对情感的描写真挚诚朴，催人泪下，能触动人灵魂深处最柔软的触角，是含泪的微笑，是对人生有深切感悟的人才能写得出的好作品。

本剧主要演员的表演有水平，尤其是由迪丽热巴和罗晋饰演的高雯和雷奕明两个角色，表演很精彩（超越了女一号和男一号），将角色诠释得十分到位、精准，准确把握、拿捏人物内心细微的情感起伏，丝丝入情，句句入理，纤毫传神，眉梢眼角，一颦一笑，一举一动无不鲜活生动，淋漓尽致，为整部剧作的成功打造贡献了不小的力量。

剧作通过“丑小鸭”米美丽在追梦的过程中经历磨难，由当初依赖性强、怯懦、自卑、缺少主见的胖女孩逐步转变成长为独立自主、勇敢坚强、成熟自信的“白天鹅”米朵，并最终看清、找到真爱的主要故事，诠释了爱的真谛，真正贵重的不是物质、钱财，而是真诚、无私的爱心。什么是真，是值得珍惜和守护的；什么是假，是应该放弃、决裂的。在追梦的过程中，明白什么是应该坚持的，什么是应该放手的。真情与谎言，拨开迷雾，看到真相。引人深思，对观众深有教益。通过故事感召人们在经历了许多之后，仍能葆有一颗真诚的初心，善良的心，并用真诚的爱去感化一切冷漠、隔阂与怨恨。同时提醒深陷爱情漩涡里的人，人生的要义并不只有爱情，只要坚持追求正当、正义、切合实际的梦想，坚强勇敢，努力不懈，终会有柳暗花明的崭新未来。

造化弄人，爱与不爱，往往阴差阳错，对真正爱自己的人视而不见。这亦是造物主磨砺人、使人明悟的慈心严法。使人倍加珍惜真诚的爱，明白真爱之不易得。苦难是造物主为她的儿女们用心熬制的苦口良药，只有经过苦难的磨砺，才能成长、成熟、强大。许多痛，只有亲身经历后才能真切、深沉地体会到其中锥心的滋味。当看到别人痛苦时，旁观的我们也许会感动，但感触不会那么深切，那么直透灵魂。所以我们要多一些站在对方的立场、处境去看待问题，人与人之间能多一份关爱、关切，少一些漠视，并学会宽恕他人。

本剧的续集延续了上部的故事，又开掘了新的故事，融情入理，对爱情之外的其他“爱”的描写和诠释也较上部更多，同时增多了谐趣内容，将人物感情的转移过渡得较为自然、合情理。整体而言虽然不及第一部，但在目前众多续作往往沦为狗尾的现实中仍可算得上比较成功的续作。

这部剧主题为爱情，但并不局限于男女之间的“小爱”。续集名为《克拉之恋》亦体现了这一点，丰富、延伸了爱的含义，体现了大爱真爱，引导人们回归朴实无华、真诚相爱相待的真境。剧中萧亮的父亲在对米朵逐步认识、感动的过程中转变对米朵的看法以及对萧亮、前妻、养子的态度，在思想上进一步成长、宽广，父子、夫妻间的关系从隔膜、怨恨逐步走向互相谅解、宽恕，释放出他们心底原本深藏压抑的那份爱，展现了如山的父爱、大爱。剧本通过对萧亮父子关系的转变、众人获知米朵整容真相后的种种表现、刘思源前男友的磨砺蜕变过程以及他对女友始终不变的爱与真诚的祝福、萧父对养子的教导与不弃、高雯与米朵的友情等多方面的展现、刻画，丰富地展现了真爱大爱的深广内涵。优渥的物质生活并不能代替真正的爱，嫁入豪门的或生在豪门的人亦未必个个幸福，在光鲜亮丽的外表下，亦有她（他）们不为人知的辛酸与痛苦。真正的爱不是占有，不是狭隘、偏激，而是真诚、无私地为对方付出，在对方需要的时候挺身而出，在对方犯错的时候毫不留情面地提醒和制止，在对方落难时不离不弃，不为名，不为利，只为一颗真挚的爱心。

编剧在设置情节时流动自然又一波三折，引人入胜，时有悬念但又不悖情理。在剧情接近尾声时，在萧亮知道真相后表现无情、决绝时再次大段地重现米萧当初爱的誓言与曾经的甜蜜画面，形成强烈对照，进一步加强人物感情的汹涌波动，反衬现实与誓言的背离。正是这样，才让米朵真切地看清了自己应该选择的人是谁，明白了在追梦的过程中，什么是应该坚持的，什么是应该放手的。如果爱人变老、变丑了，你还能一如既往地爱她（他）吗？这句问话在相爱之初时，几乎所有的人都会回答：“爱。”但在现实中，随着岁月的流逝，柴米油盐的折磨，容颜与人事的变迁，当这一切真的发生时，还有多少人能恪守当初的誓言，不变初心？而后面处理萧亮在盛怒之后逐步恢复理智时也用大段的回忆重现，在回忆中不断反思，认识到自己的错误。米萧的爱情能接受得了经济断粮和坏人破坏的考验，却最终败在发现欺骗，真相大白之后，亦值得在爱里哭笑磨砺的每一个人深思、借鉴。本剧最大的一个缺点是多角恋设置，但编剧能够巧妙地处理，处理得似乱不乱，貌似混乱不羁的表象下，展现的是真挚、纯洁的爱心。全剧虽有床戏、吻戏，但处理得有分寸，毫无猥琐、色情媚俗邀宠之嫌，更体现了剧作者用心呵护纯真爱情的真正意味。剧中林子良及其母、韦雪儿、势利同事、林子良亲生父亲等假恶丑角色的设置亦很好地反衬了真善美。

另外，剧本对什么是真正的敌人，什么是真正的朋友亦做了诠释与警示。是敌是友决定于其本质。人的本质是不会变的，坏人也许会做些好事，但其本质仍是坏的，一有机会，他还是会害人。米朵和刘思源在最后由隔阂、相疑逐步走到真心为对方着想，关爱对方，在对方最困难的时候不计前嫌，伸出援手，原因在于其二人均本质善良，可见一个人的本质是最重要的。交友不可不慎，观众深当警诫。

纵观全剧，主旋律始终紧抓真爱，时时点题，借钻石蕴意真诚、恒久的爱，用心奏出一曲感人动魄的真爱之歌。是一部优秀的歌颂真善美的好作品。

2017 年 2 月 9 日作于佛山

# 电影《欢乐好声音》观后感

2017 年 2 月在中国大陆地区上映的电影《欢乐好声音》，是一部由英国人佳斯·詹宁斯编剧、导演，由中国八一电影制片厂翻译的动画电影。

一说到动画电影，人们不免会认为它是一部仅供儿童看的片子。其实，正如《猫和老鼠》《米老鼠和唐老鸭》这类经典动画片一样，虽主要目的为吸引、教导孩子们而设计、编制，但优秀的动画片同时也会对成年人起到不可忽视的教育作用，真正成为老少咸宜、共同受教益的心灵成长宝典。整天在成人世界里钩心斗角、身心疲惫却不得不奋力拼杀的成年人，久已忘却或丢失了童心的成年人，在陪着孩子看动画片的同时，却也在那一刻唤醒了深藏在心底的休眠已久的童心，用这颗纯真的童心去反观审视自己，审视世界，与孩子们一同从影片中获取心灵成长的养料。

这部《欢乐好声音》主要讲述了一个由考拉熊经理月伯乐为领导的民间歌舞剧团在经历失败、破产后，仍能团结一致，坚持对真正艺术的热爱与追求，积极地寻求解决困境的办法，最终坚强地挺过难关，取得成功的励志故事。

客观、严格来说，本片故事的情节主线并不新颖，也不很复杂，甚至有几分老套。但就如《猫和老鼠》《唐老鸭和米老鼠》《狮子王》等优秀动画片一样，看似简单、生活中司空见惯的情节，编剧和导演却能由普通、平凡中捕捉到、发掘出闪光点，体现出不平凡，特效也令人耳目一新。全片被设计处理得引人入胜，感人至深，观众目不转睛，几度泪下，从视觉到心灵全面地深受震撼，无论大人、孩子都自然而然、由衷地接受影片的教育。

片中考拉熊月伯乐出身贫寒，从小热爱艺术，在父亲的大力支持下，用父亲辛苦洗车积攒的一笔钱买了一座历史悠久的大剧院。月伯乐担任了剧院的剧场经理。他曾经取得过辉煌，但后来却连连遭遇失败，剧院的经营资金所剩无几，面临着债主讨债的困境。月伯乐决定背水一战，用仅剩下的不到一千美元为奖金，在普通民众中海选真正的歌唱人才。不料宣传单上的奖金数额被他的助理蜥太太一时失误错打印成了10万美元，并在他俩未发现的情况下被大风吹出窗户，传遍全城。得到重奖消息的人们蜂拥而至，在剧院外排起了长龙般的队伍。经过月伯乐严格筛选，只留下了为数不多的几个选手。这几个选手或为街头卖艺的穷困歌手（小老鼠迈克），或为普通家庭主妇（猪妈妈露西塔），或为偷盗团伙里的小偷（大猩猩强尼），或为歌唱组合中的小配角（豪猪艾希小姐）。他（她）们大多来自民间，是平日里毫不出众的一群小人物，但月伯乐发现了他们的歌唱才能，将他（她）们从人海里挖掘了出来，在简陋的条件下坚持对他（她）们进行专业的训练。各位选手也克服各自的困难积极认真地全力以赴。其中大猩猩强尼在父亲的责备和威逼下虽然参与了抢劫金库行动，但深爱歌唱的他为了参加演唱会而没有能够接应抢劫成功的父亲，导致父亲被捕入狱，后遭父亲怨恨不理。强尼一度想偷走月伯乐的奖金去赎出父亲，但当他看到钱箱下压着的各参赛选手的资料与评语时，被月伯乐对自己的赏识与肯定所感动而悔改，没有打开钱箱，转而积极努力地投入到训练中。月伯乐则四处奔走筹集赞助资金，为此甚至特地为好友的奶奶——著名老歌星娜娜（一只羊驼）筹办专场演唱会。看到这儿，大家可能以为故事圆满了吧？殊不料，精心筹备的专场演唱会刚刚开场就被前来向迈克讨债的几头大熊搅局，为了保护迈克，月伯乐决心用钱箱中仅剩的那点钱给迈克还债。可是，当钱箱被大熊砸开后，发现里面并没有人们所以为的十万美金。大熊砸坏了舞台上的冰面，导致精心设置的巨大道具水箱顷刻间迸裂爆炸，人们四散逃跑。月伯乐想借专场演唱会讨得娜娜欢心筹得赞助资金的愿望也成了泡影。而剧院也被大水冲毁，成为一片废墟。

月伯乐彻底破产了。他灰心丧气，情绪低落。可是，在他处于人生最低谷的时候，他慧眼选出的选手们并没有因没有奖金而怨恨、抛弃他，而是来看望、关爱他。这使得他又燃起了对生活的信心，拿起父亲留下的洗车水桶到街头去洗车赚钱。而好友对他不离不弃，挺身相助，与他一起洗车，共渡难关。在洗车的日子里，有一天，在月伯乐正洗车时，听到从剧院废墟上传来的美妙歌声，他被吸引而飞奔至废墟，发现歌声来自之前一直不敢当众唱歌的大象米娜的美妙歌喉。虽在废墟上，但米娜仍唱得那样动情。月伯乐深受鼓舞、启发，决定重新召集各选手们，就在剧院废墟上举办一场别开生面的演唱会。这场演唱会不为别人而唱，是每位选手为自己而唱的演唱会。开场时，观众寥寥无几，只有选手们的几位家人和好奇而来的记者而已。但选手们用自己的心灵唱出了最美妙最震撼人心的歌曲，展现出自己的绚丽风采，吸引了大批现场和电视机前的观众观看、赞美。强尼实现了自己的歌唱梦想，而强尼的父亲在狱中看到儿子演唱的电视直播后，激动悔恨，越狱去见儿子，为儿子加油鼓劲，并在见到儿子后主动返回监狱服刑，从心灵上由衷感动而悔改，重新做人；豪猪艾希小姐在初演失败后遭遇恋人抛弃，在剧团众人的关爱下化悲痛为力量，创作出优秀的歌曲，一鸣惊人；猪妈妈露西塔也由繁忙的家庭主妇成长蜕变为自信、迷人的风采辣妈；羞怯胆小的少女大象米娜也获得了自信和勇敢，唱出了自己的最强音；小老鼠迈克在看到电视直播后赶到了会场，进行了精彩的演出，展示了自己不俗的实力，还收获了真正的爱情。而月伯乐也通过这场用心而唱的、高水平的演唱会获得了台下默默观看演出的歌星娜娜的肯定和赞助，得以重建大剧院，实现了他的愿望，带领大家走在继续追求梦想的路上。

影片如许多优秀动画片一样，一如既往地在片中大量穿插经典或新创乐曲，且穿插得自然、和谐，宛如歌剧一般，但又无生硬、机械感。这些乐曲或美妙、或深情、或摇滚、或悲伤、或激昂振奋，变化丰富而又悦耳动听、感人肺腑，给观众尤其是孩子们提供了很好的美育和音乐欣赏高品位的感受和熏陶。纵观全片，影片正如片中曲所唱的“在一败涂地时，你只有绝地反击”一样，始终贯穿着败而不馁、坚强、坚韧、团结协力、真诚友爱、努力拼搏的精神，充满着励志正能量，但又毫无空洞说教、生硬填鸭之感。同时影片中还加入了许多妙趣横生的创新情节，人物卡通形象和特效也令人耳目一新，纵使是老故事翻新，也总能有新创意吸引观众由衷受教。在这一方面，中国的动画片制作团队要大力学习，才能为国产动画片开拓出更广阔、崭新的市场。

2017 年 3 月 11 日写于佛山

# 电影《孙悟空三打白骨精》观后感

由郑保瑞导演，冉平、冉甲男等编剧，郭富城、巩俐、冯绍峰等主演的2016年新春贺岁电影《孙悟空三打白骨精》已经上映很久了，但后知后觉、不爱赶时髦的我近日才在无意中发现了这部好电影。由于对86版电视剧《西游记》经典的偏爱，加上先前看过一些新拍的《西游记》剧作而留下不良的印象，导致我对翻拍、续拍剧的不喜、不看，但无意中看到的这部电影改变了我对此类影视作品的印象，同时也让我对现时代的编剧尤其是青年编剧敬佩不已。在当代中国有这样的好编剧、好导演、好演员和好剧组实在可喜可贺。中国精神文明复兴与发扬光大可见大有希望。

下面就来谈谈我对这部电影的观后感想与领悟：

这部电影用心节选了四大名著之一《西游记》中孙悟空三打白骨精这一重要而精彩的经典片段，以现代的思维、崭新的视角、开阔的视野深入挖掘了其中的思想精髓，并予以崭新解读，发扬光大，更深层次地揭示了佛法的真谛。同时还揭露了暗地里吸食老百姓孩子的人血，明地里却嫁祸罪责于白骨精的国王虽为“人”，但实际比妖更坏、更凶残的事实真相。

这部电影对佛法进行了深入的揭示。佛法的真谛不是形式上的走十万八千里路，驮回一大堆经书，背诵多少经文咒语，念诵多少“阿弥陀佛”；不是口口声声说慈悲、不杀生，实则自私、虚伪、冷酷、杀人不见血，而是心灵的真正向善，亦即一瓣心香。这一点亦与王阳明心学的“为善除恶是格物”思想精髓殊途同归，可见天下至深大道同归一理。

唐僧由最初的因悟空打死数人（实为妖变）而盛怒，狠命念紧箍咒并赶走悟空，到后来主动要求悟空打死自己，舍命去解救、感化白骨精，助其重返人界，由妖变人。在三生河畔，白骨精最终微笑而去，从心灵上真正由妖变成人。这才是真正意义上的普度众生、救苦救难，这才是真正大慈大悲的菩提心！妖与人，何为真正的妖？何为真正的人？是妖是人，全在善恶心念之间。现实中有人形而行恶，压榨吸食百姓血汗的虽名为“人”而实为妖，是真正需要“金猴奋起千钧棒，玉宇澄清万里埃”的。

剧中还着意展示了白骨精原本纯良，后被冤而积怨千年，由人变妖的渊源由来。揭示了好的政治思想、社会治理和环境，可将妖变为人；而坏的政治思想、社会治理和环境亦可将人变为妖。

另外，这部电影对唐僧师徒四人的取经团队思想亦有了新的阐释。将师徒四人在原著中貌似团结而实际离心、各怀心思的形式主义、不得不进行的取经历程进行了思想上的深度开掘并注入了新的思想泉流。师徒四人在经历了数番磨难后，在唐僧真正参透佛法真谛、主动舍命救化白骨精后，动心感魄，真正团结起来，精诚坚志，迈向真正的取经之路。而此时，真佛法的金石之门亦轻而易举地打开了。唐僧由最初的懦弱、自私、伪善转变为勇敢、无私、真诚；而悟空、八戒、沙僧三人也由最初的虽被镇压、贬谪仍心怀魔性，贪、嗔、怨、妒，被迫取经，而转变为由衷、自发地驮起师父死后的金身石像，脚踏实地，一步一步迈向真正的取经之路。师徒四人均实现了自我的成长与思想境界的升华。“菩提本无树，明镜亦非台。本来无一物，何处惹尘埃”固然是高境界，但灵台有了尘垢后，能够勇敢面对，时时拂拭，却需要更大的勇气与反省力，更为不易，也更难能可贵。堕入红尘中的每一个生灵，都是灵台曾经蒙垢的，佛的大慈悲就是要让众生在经历红尘的过程中由历而悟，拂拭去灵台的尘垢，获得新生，脱离苦海。唐僧师徒四人以及白骨精均在历经磨难后，拂拭了自心的尘垢，取得了心灵的更大修为，踏上了真正的取经之路。正是用心一步步地取经，这真经方可取到。在悟空、八戒、沙僧三人踏上取经路，迈开用心取真经的那一刻，观音菩萨会意微笑，洒下甘露，悟空所背负的唐僧的金身石像亦从那一刻开始有了“复生”的萌芽，这才是真正的取经开始。剧本亦妙在于此处戛然而止，如曲末琴音煞顿，却令人久久浸思难拔，留下多少思考于观众。

这部电影篇幅虽短，也并不十分完美，但思想意义重大。它在一些方面的思想深度、高度均超越了原著《西游记》的思想水平。（我个人认为，86 版电视剧《西游记》前 25 集的思想性较原著更胜一筹，此点另文另作论述，此处不多赘言。）是当今这个时代令人为之欣喜、备受鼓舞的一部价值之作。是人民有所思，有所悟的产物。

2016 年 12 月 22 日作于佛山

# 电影《西游·伏妖篇》观后感评

看了一部2017年的贺岁电影《西游·伏妖篇》，颇有感触，遂写下以与有识之士共赏评。

这部电影是由徐克导演，周星驰编剧并监制，林更新、姚晨等主演的。是周星驰、徐克合作的又一部对四大名著之一《西游记》思想深化挖掘、崭新解读的衍生作品。整剧的思想性较上一部《西游·降魔篇》有了飞跃性的提高，有鲁迅之风，嬉笑怒骂，针针见血，犹如照妖镜，令真正的妖邪现身，直逼灵魂，无处遁逃。同时深刻揭示了真正的佛，真正的经并不在西天，其实就在每个人的心中，只要时时拂拭自心的尘垢，至真、至诚地去修心，每一个人都可成为圣贤和佛。

同吴承恩的《西游记》一样，此电影不仅辛辣讽刺了皇帝，同时也辛辣讽刺了所谓“佛”，敢把以小人儿佛祖为代表的西天佛祖踹下神坛，是极具思想性的大胆作品。在这一点上思想性甚至超越了原著。不过吴承恩迫于封建时代的文祸，讽佛表现得更加隐晦。

如片中九宫真人所说：“我有一个理想就是要剥下世间所有虚伪、丑陋的假面，让它们现形。”这亦是导演的心声。九宫真人最后被西天佛祖的神掌镇压时高呼不平，如来却只说一句：“无需多言。”九宫真人又成为了下一个被压在五指山下的“孙悟空”。九宫真人虽为最大的妖，但其实她也是个有冤之妖，和白骨精一样积怨成妖，实应被救赎。

电影开篇即设置唐僧以巨人形象独坐小人国中，这一设置匠心独具，形象地揭示了这世上伟大的圣贤是有，但很稀有，世上更多的都是庸碌、凡俗的人。圣贤是孤独的，甚至还常常要受庸俗小人的欺凌与捉弄。编剧特别于此处设置了唐僧被一个滑稽丑角形象的小人儿佛祖以牛绳牵鼻，且得到了“荣耀至高无上”的终身成就奖和二十二本经书的滑稽可笑场景。并着意表现了唐僧在得知获奖后的欣喜和对小人儿佛祖的毕恭毕敬、感激再三，头顶奖励光环时十分得意，但很快这光环就在震荡和爆炸中幻灭了，全幕陷入一片黑暗。这亦是编剧的深意所在。不仅毫不留情地辛辣讽刺、揭露了小人儿佛祖是假佛的虚伪、丑陋、驭人骗人劣术，将以往高高在上神圣不可侵犯的西天佛祖踹下了神坛，同时也揭示了此时在世间的唐僧还不是真正意义上的圣贤僧。他还是个幼稚、单纯、很容易被哄骗的，有名利心、私心、嗔心的不完整意义的“圣贤”。并在开篇就设置了西天佛祖处的经书虽已经取到，但唐僧师徒仍要走在取经路上去取经的场景。用心而历，取得真经，并保持始终“在路上”的状态，这才是真正意义上的取经。可谓有胆有识，思想光芒迸射万丈。

片中师徒四人尤其是悟空三徒弟的形象在近年来的西游题材剧作形象基础上有了更进一步的性情化，更突显了他们的魔心和欲心，与86版电视剧《西游记》相比有了很大的颠覆。其中，唐僧较电视剧中的软弱圣僧形象更突显了他的虚假、对徒弟初始时的暴虐无情、名利心、世故、小奸猾、驭人有术和他对段小姐真诚的凡心、爱心。人物形象更加血肉丰满、立体鲜活、接地气，是个食人间烟火的、貌似笨傻实则聪明的活唐僧。在经历心的磨炼后，唐僧也由小聪明最终涤心成长为大智慧，即明悟。而孙悟空则更加凸显了他满腹嗔怨悲情英雄的形象，一个被镇压后不得已取经还要备受师父虐打和凡俗之人戏弄、欺凌，心中满怀怨怒嗔心、魔性更强的真才英雄。八戒则较以往更强调了他的色心，一改往日丑陋嘴脸，戴上了一副戏剧里俊美小生的假面具。沙僧则完全变成了魔形十足的鱼怪形象，但其憨直之心始终保有。

在本片中，不仅着重描写了拦在取经路上的各种妖孽，还着意突显了民众的世俗、愚昧、无情、凶暴，他们是一群只热衷看热闹的伸着脖子、张着嘴的麻木看客，在片中及宣传海报上导演和编剧有心设置了师徒四人以杂耍卖艺求乞的画面场景。为讨一口饭吃以保证取经路上不至于饿死而卖艺，即使是圣贤和武功高强的盖世英雄也不得已落得如杂耍的猴子般为人献娱、献媚，博人一笑，换来几个铜板，演得不好还要被打、被骂甚至被杀，这是何等悲哀苍凉的血泪之事啊！但竟以诙谐怪趣的形式演出，更增悲痛，这点与吴承恩原著是一样的。更可悲的是，正如该片放映之后，周星驰所说："本来演的是悲剧，不料观众却当喜剧看。"这才是《西游记》原著及本片乃至唐僧、悟空等此类圣贤、英雄共同的大悲哀。

戏如人生，人生如戏。"一把辛酸泪，滋味谁人解?"剧作如导演和编剧的一声苍凉、无奈的叹息，借无厘头、搞笑、滑稽游戏调侃人生，揭露社会真相。导演有意大量设置的戏剧化场景、效应亦强烈表达了这一点。满怀泣血心泪，粉墨登场。

影片还借片中小人儿佛祖以牛绳牵唐僧鼻子施以"荣耀至高无上"的终身成就奖的场景，以及后面在唐僧虐打悟空而致悟空魔性大发后向悟空下跪道歉的场景，通过沙僧之口道破天机，说这也是管理者的术，驭人之术。颁奖之后，唐僧感激万分；道歉之后，悟空被感动不已，对唐僧驯服顺从。但剧情接下来立刻又以一种滑稽喜感的场景出现，亦体现了编剧对这驭人之术的调侃、讽刺与鞭挞。

片中还有一个与以往剧作有很大不同的改变是悟空头上金箍意象的变化。由未到西天就不能摘下的金箍变成段小姐的化身，制服魔性屡试不爽的佛家紧箍咒也变成了儿歌三百首。段小姐的化身代表着真爱，儿歌三百首代表着童真，亦是编剧的蕴意设置：用真诚的爱和如赤子般纯洁的心灵去制约心中的魔性。且金箍亦可随手取下，而儿歌三百首也并非每次都能奏效，说明金箍、儿歌能否制约魔性不是口念心不念，流于形式，而是至诚至真的用心才能发挥作用。当用心至诚至真时，无需金箍戴头、儿歌唱起亦可消除魔性，化解恩怨，唐僧、悟空师徒也可由上下等级关系转变为如兄弟般亲密，互相嬉戏打闹的贴心人，共赴真正的取经之路。

片中红孩儿的玩偶形象亦有蕴意，虽为一国之主，而实际上哄骗、操纵玩偶的是幕后真正的大妖九宫真人。而白骨精小善则如她的名字一般再次被赋予了较为良善的形象，她虽做过害人之事但能够悔改。而唐僧在知道小善是妖后，并未放弃她，而去救赎她，是因为她心存善念。此时唐僧的神掌才真正在那一刻显现神力，却又毫无众人所以为的多么震撼人心的大声势、大力气，只是静静地放在小善的心口，送她上路，化为一缕闪烁七彩光芒的烟云去投胎转世为人。正所谓大象无形，大音希声，这一至诚至真的神掌貌似无力，实有千钧力，足以使妖变人，脱胎换骨。由此可见编剧用心良苦，观众勿轻忽看过。而唐僧自身也在那一刻悟得真经，取得了心灵的更大修为，有了大智慧。

唐僧初时虐打悟空时，拽出悟空的舌头狠打致悟空心魔大发；在后来的剧情中多次出现众妖与师徒打斗时被拽出长长的舌头般的妖首的场景，其实亦是编剧有心设置。舌乃心之苗，通过特别凸显的长长的舌头显象，寓意真正的妖魔其实是在人自己的内心深处。最难除掉的妖魔亦在人心。人世间最难面对的是自己。试问，真正敢于擎起照妖镜照向自己内心，去掉所有伪饰，直面自己灵魂，无论美好与丑陋，这样的人有几个？过得了名、利、财、色的关碍，过得了自己这一关的人有几个？

其实，每一个人的心中都住着一个善良的小人儿和一个邪恶的小人儿。是善是恶，自在人心。“不是东风压了西风，就是西风压了东风。”（见《红楼梦》王熙凤语）。人能克制住自己内心的恶念，发扬彰显自己内心的善念，这就是善人、好人；若是不能克制住自己的恶念，任恶淹没、压制了善念，就是恶人、坏人。而且，如毛泽东所说：“一个人做点好事并不难，难得的是一辈子做好事，不做坏事。”善与恶的斗争自天地之始就开始了，至今不息，而人自心的善念与恶念的斗争也始终“在路上”，在取经的心路上，需要时时勤拂拭自心的尘垢。而真佛亦自在人心头坐，而不在西天外方。真佛的大慈悲就是要让堕入红尘中的每个生灵经受“煎心”的磨炼，由历而悟，真正做到自心的净化与修为，取得真经。至高至真的经是无字的经，天下大道最精妙、深邃的往往可意会不可言传。正如佛祖拈花，迦叶微笑的佛典一样。吴承恩的《西游记》原著中有一句，“名为照了，始达妙音”，说得十分精准。照见自己的行，照见自己的心，不逃避，不欺瞒，正视它，才能发现尘垢并时时拂拭，才能了断，才能取得真经妙意。人生就是一场心灵的修行，所谓取经路，实是人的心路历程。真佛自坐心头，真经亦自在心头。人们往往看不见真佛真经，皆因他们被各种欲念迷了心窍。正如《红楼梦》中宝玉病时通灵玉失灵，后由癞头和尚托玉持诵时所说：“只因他如今被声色货利所迷，故不灵验了。”所以，无需西天万里取经书，真经真佛自在人心中，真善真爱即是真经真佛。而妖邪即恶念亦自在人心中，需要时时照了。片末，唐僧与悟空兄弟般亲密携行，段小姐的身形时现亦揭示了这点，带着一颗真爱真善的心走在取经路上，就是我们每一个人需要去走的人生取经路。

同为《西游记》的解读、衍生作品，本片与《孙悟空三打白骨精》在思想方面有同而又大有不同。《孙悟空三打白骨精》虽对代表统治者的国王进行了揭露与批判，重点诠释佛法真谛；而《西游·伏妖篇》则在思想上更进一步，不仅撕下了统治者的假面，更直接一脚将所谓西天的佛祖踹下了神坛，风格也更加奇、诡、趣、辣。

四大名著是中国文学作品中的优秀代表作，其地位不可轻视。但时代在进步，人的思想也随时代的进步而进步。“江山代有才人出”，同样，江山也应该代代有高精尖的优秀作品出现，实现毛泽东所倡导的“百花齐放，百家争鸣”的思想、文化繁荣景象，实现真正意义上的盛世。

当代人以崭新的视角、开阔的视野对四大名著深入研究、挖掘、解读并由此发扬、升华出新的思想，甚至其中有些方面的思想性已超越了原著，这实在是当代中国思想文化领域值得欣喜庆贺的大好事。

2017 年 2 月 17 日作于佛山

# 后记

谨以此书献给逝去的生命和岁月。

愿在世间的我们由历而悟，涤心成长，不负故人，不负天地。

陆星吟

2023 年 3 月 24 日写于佛山